雨客與花客

周芬伶

目次

茶客

香客

貓客

醫客

從放空到放下

——序周芬伶《雨客與花客》

陳芳明

這麼多年以後，閱讀周芬伶最新的散文集《雨客與花客》，驚覺她的風格又有全新的轉變。從她的第一冊散文《絕美》，一直到《汝色》，那是非常張腔的風格。再到《蘭花辭》的時候，風格又為之一變。如今捧讀她的最新散文集，才發現她驅使文字的手法，再也不是斤斤計較。半生以來，一直追逐她的全新作品，可以發現她從來不樂於停止在一個原點。她的文字總是隨著她的心境而產生變化，年少時那一種提煉與鍛鑄，到現在已不復可見。如今她文字裡浮現的境界，帶給讀者不再是斤斤計較的感覺。捧讀這部新的作品，我反而可以體會魯迅所說過的「豈有豪情似舊時，花開花落兩由之」，當她不再執著，整個世界就完全屬於她。在閱讀之際，即使她寫到心情的抑揚頓挫，反而容許讀者以一種超越的態度來觀賞。她靜定的性格，平衡的情緒，反而是她從前散文裡未曾出現。究竟是時間影響了她，或歲月改變了她，似乎沒有確切的答案。如果沒有經過劇烈波動的時期，如果沒有看過太多的人間浮沉，也許她會一直停留在中年時期的情感糾葛。身為她的讀者，我未曾停留下來對她文字的追逐。當她的生命又翻過一頁時，不僅看待世界的方式穩定下來，而看待人間感情的動盪也更加超越。或者說，她從來不會滿足於風格的沉澱，也不會執著於某種美感的持續追求。她敢於挑戰自己，也敢於推陳出新。當我捧讀這部新的散文，在我內心的什麼地方，不時發出感嘆。她對人間的愛，對世間的包容，看來又比過去還更強大。她長期定居在東海大學校園的宿舍，她文學的根鬚也牢牢扎在那裡。身為她的朋友，也身為她的對話者，曾經有幸受邀去她的宿舍造訪。

這部散文集就是在那充滿歲月顏色的宿舍完成，那裡已經變成她生命的庇護所，也是她生活的根據地。第一次到達那裡時，才發現那木造瓦屋承載了豐富的時間感與空間感。屋外是卵石的道路，屋後是鬱鬱蔥蔥的綠樹。走到那裡時，彷彿走到一段陳舊的情境。後來才知道，那木造宿舍原來與學校的歷史等長同寬。認識芬伶時，我才回到學界不久。那時我在靜宜大學任教，距離東海只要驅車十餘分鐘就可到達。有幾次與她在校園對面的東海花園喝咖啡，才慢慢知道那時她正陷於生命的困境。最早我是她的讀者，後來變成她的朋友，才慢慢把她的文字與她的生命連接起來。那時感到非常訝異，她的文字就是生命與生活的真實倒影。她應該是我所遇見最為誠實的散文家，可能是學界裡認識最久的同行。

這部《雨客與花客》，似乎又再次創造了她的全新風格。猶記得她出版《花東婦好》時，我私自發出驚呼，整部小說的所涉獵的歷史知識，不僅橫跨中國古代到現代，也橫跨台灣的原住民與漢人的歷史。很少有散文作者，在過了中年之後，仍然保持創作活力，既挑戰自己也挑戰整個歷史。我才清楚察覺，她是一座活火山，隨時都會爆發出來。那時曾經與她有過對話，總覺得她應該是到達創作生命的高峰。但是這部散文完成時，才察覺高峰背後還有無盡無止的山巒。尤其在閱讀這部散文集，更加可以體會她的書寫還是連綿不斷。凡是生活周遭的事件，無論是巨大或渺小，她都可以運用自如。大到可以干涉生死，小到可以觸及生活瑣碎。在極大極小之間，已經可以淡然處之，甚至可以看開看破。那已經不是她過去散文技藝所能概括，我必須誠實地說，她已經超越自己的生命與生活。

書中的〈蛇少年〉，疑幻疑真，帶給讀者的想像空間特別巨大。其中所描述的感情，也非常難以定義。某些段落可能是她的夢幻，讀來卻真實無比。那樣的境界很難說是超越，也很難說是可疑。那樣的猶豫不定，反而襯托出生命的美感。那不是時間所能抵達的技巧，而必須穿越太多的雨水與淚水，才有可能獲致。散文一開始，她寫得很簡單，「火球花不開花時就是爛草，開花卻特別誇張」。描述的是一位學生之死，他的魂魄歸來，與她展開神祕的對話。一堆爛草，可以盛放成為火球。大約只有生命與生命的理解，才能到達這樣的境界。散文結束時，她寫下這麼一段：「柔弱的花妖，如今一年一會，五月相見之期，我們會有長長的對談。」裡面有太多的感傷，如今她已經能夠自我節制，恰如其分，讓內在情感釋放出來。

這部作品特別動人之處，就在於她描述喝茶。這是她的生命又跨入全新格局，早期那種張愛玲式的絕美，都已經全部放下。現在她寫出來的完全屬於她個人，而且再也不是任何人可以輕易模仿。特別是她寫的那篇〈瘋雅〉，一方面描述自己喝茶的習慣，一方面則耽溺於茶的品嘗，一方面又著迷於恰當茶具的尋找。當她描述外在世界的美感，其實已經暗示了自己生命的轉變。她的人生又到達一個更高境界，那不是任何庸俗的人可以輕易貼近。身為她的讀者如我，閱讀之際，有一種朦朧之美，卻不是輕易可以靠近。這可能是這部散文集最為迷人之處，她已經進入超越的階段，似乎世間所有的感覺都可以兼容並蓄。

離開台中這麼多年以來，很少與她有任何溝通。我能夠察覺她的變化，完全是從她作品風格的更迭而觸及。我已經深深陷入晚境，芬伶還是在初老的階段。在她的文字之間遊走時，仍然可以感覺她保持的創造力是那麼生動，又是那麼活潑飛翔。有時身為文學創作者，不必然都要依賴自己的書寫，藉由朋友所展現出來的風格，我反而看見自己的生命更為明白。《雨客與花客》讓我見證了她生機勃勃的力量，也讓我更加強烈感覺有這位朋友的文字陪伴，感覺到她其實帶給我最誠摯的祝福。

二〇二〇年四月二十三日政大台文所

跟阿芬說話

蔣亞妮

如傳說一樣，傳說大抵是真的。傳說，大度山上有海，西岸以西、東海之東，東海裡有阿芬。

周芬伶老師的學生，總叫她「阿芬」，阿芬自然也是我的老師。但讓我說點你不知道、藏在傳說底下的事。比如，從「周老師」到「阿芬」，是我花了好幾年大學日夜，深潛在一眾學生之中，從阿芬家的花梨木地板一路坐到了牆邊古董木椅、再到桌旁的軟緞坐墊沙發，也從小學妹坐成了大學姊的跨度。沒趕得及親睹她幻描的《汝色》（二〇〇二）到《青春一條街》（二〇〇九），卻也緩步看遍《蘭花辭》（二〇一〇）與《北印度書簡》（二〇一六），才終於說順那一句，傳說中的「阿芬」。

慢讀阿芬《雨客與花客》的日子裡，下了幾場雨，在雨中嚼字，忽然嘗到了別種味道，像字裡有人焚香烹茶。更像那座山林中已數不清喝了多少壺茶、蹭了多少點心與餐席的低矮白屋，與它邊上那一片總如楚地裡長出雜花、生出野樹的花園，全得經雨淋透紙張，才看出真義。《雨客與花客》寫花園，花園就衰頹；寫屋，屋子裡則白蟻與蛇聚合，吃她衣、挖她地、穿她屋；寫香道與品茶、寫器皿和旅行。寫進萬事貌、萬物景，其實全為寫盡人情。

花園裡，那瘋長的梅樹、被偷挖去的茶花樹株，濕地上曾盛放或凋閉的玫瑰、龍吐珠、軟枝黃蟬、仙桃、竹樹與火球花和韭菜蘭，大約都是不同的「花客」。阿芬寫茶與煮茶一樣精采，她談小葉烏龍像肉桂、清流澗大紅袍如沉香，但茶最多只沖到五泡，便告訴你：「端上茶，把握當下的每一刻；放下茶，就是與當下的分離，就算有所愛，亦能有斷絕之心。」花與茶與香，原來都是她走過的路、修過的道，從前道心惟微，現在道心是決絕。人情的開始，她細細地寫：「花客總在花謝時節來」、「雨客常在雨前出現」，他們全在屋子裡的另一個維度空間，與我同時喝茶賞花，疾行過雨，不曾遇見。可花敗茶涼香散，人情有開始，便有分離與寂滅。

這時，你才讀懂，這些擬人魔物（或是魔人擬物）的雨客、花客、小雨客、兒客、貓客到醫客與香客，長成的已不只是她一路走來讓人喟歎的起手式與必殺技，那怪美的「怪美學」。很早之前，美文仍是散文傳統時，她便棄美的正途，自鑄新字。你若不懂她的美，就讓我引一段話說明，書裡寫她打破吉州窯剪紙茶碗，將碗重補後，卻看著那碗說了：「這很殘缺，夠美。」她不想待在傳統美文裡，她的美必須像那株花園瘋長如精怪的梅樹一樣，不美才美。

但這一本《雨客與花客》，又不只這些。

大約是經過了前兩本長篇小說《濕地》與《花東婦好》，這本散文的回歸之作，物景化得更散了，情與人大概也是。卻有條軸線在她灑落一地的字裡串起，一口氣讀完，竟像看完一部長篇小說的終始。這條軸線、這個核心，不過是一個「客」字。

當人情散，花客雨客貓客皆走後，阿芬寫房子回復以往的清淨，投宿過的旅店也無知無覺結束營業，只有韭菜蘭在荒野裡獨自開好。我在即將下雨的文字裡，雖沒遇到雨客，卻一直想起詩人李賀的那句：「衰蘭送客咸陽道，天若有情天亦老。」終於明白，不管千客來、萬客來，只要是客，終得送別。《雨客與花客》，就是一部送客與送別之書。

送走好友、送離學生，再送別父母。阿芬寫與姊妹在母殤後相約京都，那般的場景，令人想起朱天心也寫過，母親走後，仨姊妹共遊京都。朱天心故意走在後頭，拍姊妹身影，「天文風中搖曳的紫裙裾、天衣唐人似的碩長」，美如小津安二郎的電影，見自己也見天地。阿芬同樣看著姊妹，細雪寒風，可她的目光卻是：

姊妹們往古牆的那邊走去，窗外的雪越下越大，手攜手的細雪姊妹花，往繁華的方向去了，寒冷讓人木然與退縮，我的注視如同亡母的視角，看著她們遠去，天人永隔，雪如果一直下，我會一直走下去，卻不知道要退至如何之地。

原來姊妹，竟也是客。她將客體全寫進了主體，人與人、客與己，全悟得：「他們都是我，我也是他們，我們是一體的，也是分離的，蒼生。」這是見眾生。

而我應不是客，在書裡一處發現自己，只是短短名字「亞妮」，卻無比慶幸。阿芬與我亦師亦友，友的部分，是讀到她寫：「與學生的關係因過分親密，反而失去分際，失聯的、冷戰的、漸行漸遠的……一切的聯繫都成枉然。」那些徒然與遠行後，自己偷偷加上的。或許，我總節制的寫著與聽著，雖然緩慢於悟解，但緩慢也不致誤解。

於是，每當阿芬信手寫下堪比《紅樓夢》裡，妙玉於攏翠庵裡設茶湯會的文與字時，我只來得及一邊拿起外送來的「茶湯會」，看她寫越窯小壺、吉州窯剪紙茶碗、高麗青瓷、清仿明成化雞缸杯，再一路到東洋的深川製瓷、有田燒與古伊萬里窯，以字配味地吸上一口珍奶，就忘了開口。

來不及說話，也記不住花客與雨客的模樣，阿芬在文字裡，為我一次補課補上。讀到已經離開世間好幾年的H，也讀到了那時夢一樣的對話，當年張愛玲的課堂，阿芬與H，「合力抄寫一本小團圓，那時我們尚有自己的小團圓」。人名與場景，像雨打進窗，在地上積成了小水窪後，我才後知後覺記起。終於聽明白了張愛玲，原來人事與人世的幸福不過一場小團圓，有些小團圓卻只能在身後才明白。這三學分，想忍住眼熱，請阿芬幫我加上。

阿芬在書裡與屋裡，反覆地拓香、焚香、調製合香，接著再拓再焚，如此就過了一天，像轉身就寫過了離別。離別其實很簡單，她說：「也許人與人的遇合只宜茶宜香，因他們都短暫乾淨，彷彿是進行消毒，把情欲殺得只剩一縷碧煙。」所以別離是阻止不了的，病別離、傷別離，連愛也能別離。但別離也死不了，因為最終都只被焚成一縷煙。

我在雨後，終於讀完這本別客書。畢業經年，東海時光所縱容出的緩柔原始，全被他處他人訓練馴化，我已被世界調撥得比從前快。但讀《雨客與花客》時，總能回到青春的傳說裡，因為青春果然遠得像傳說了。在書裡，我刻意放得緩慢，尋寶般地讀她在這裡丟一點、那裡灑一點的話語，看她將寶藏珠玉隨意散落，無心結成的奇門陣法，飄異詭麗。

然後，比緩慢再慢一些，找尋遺落在各處等待雨客與送客的阿芬。

找到她，或許跟她說一聲，我們不要等了。窗外有雨有花，屋裡焚香燒茶，貓與兒在人間安然長大。千年前李後主都說了，既然夢裡不知身是客，一晌貪歡也很棒。宋詞課的老師別生氣，我下課了，所以換我跟阿芬好好說句話。我知道，任外頭花謝雨狂，她總會為我煮一杯茶。

花雨

雨客與花客

自我必須走向他者，向著他人的在場，最終成為「死者的鄰人」。——布朗肖

雨客常在雨前出現，這裡雨前常起薄霧，他的小雨傘蒼藍為底上有葡萄狀的小白花，傘傾蓋頭斂臉，很難看清他的長相，遠看頭髮烏黑，臉白得有些透明。他算好看嗎？說話時表情特多讓人目不轉睛，忘記美醜判斷，什麼複雜的事都被他說得很簡單，或是簡單的事說得很複雜，譬如他常說：「我的個性有點壞，故意使壞。」問他怎麼壞法，他卻說：「我嘴很甜，又會疼人，只要是女人，都會被我哄得團團轉，尤其是年紀大的。」我知道是無法從他的口中得到真正答案的，通常轉而要求他給我講故事，有一次說了他母親的事，她是個美

麗又風騷的女人，每到黃昏就開始洗澡洗頭，花一兩小時打理得潔淨芳香，穿上撩人的內衣，躺在床上唱歌，大約唱到第三首父親就會進房，幾乎夜夜如此，他妒恨父親搶走他應得的床位與懷抱，恨不得父親消失。十二歲那年消失的卻是母親，死於一場急病。在葬禮中他不哭不淚，大家族人多黑鴉鴉一片，催促他快哭，越是催越是不哭，最後昏倒在靈前，等他醒來，母親下葬了。他在床上嚎哭一天一夜。雨客說：「你知道我為什麼叫雨客嗎？」「為什麼？」「母親走的那天一直下雨，我在想我為什麼哭不出來，那雨真的好美，細細斜斜的，像一大堆斜線，我看呆了，然後就昏倒了，醒來時，雨還在下，像一堆針扎在我心上，我的哭聲彷彿要去墳地尋找母親，完全無法停止……」這時雨客的臉好像照片顯影般漸漸清晰，那是張俊美的臉，可是為什麼看來糊糊的。

有時相對坐到夜晚，黑暗是個通道，充滿孔穴，有些異物在窸窣通過。

雨客走時，通常是雨停時，他走路時有鈴聲在響，那是雨霖鈴，或是招魂鈴，我無法分辨。

花客通常在花謝時節來，她總會帶些小而別緻的東西來，有時是菊花貝的化石，很美然因有點小，不知要擺著還是收起來；有一次送我一個捕夢網，只有手心大小，它看著有股神祕的力量，彷彿真的能織夢或捉夢，於是掛在床頭，然而那陣子沒作什麼夢，再後來它就不見了，也記不起如何消失，大概它捕的不是夢，而是記憶。花客最常抱她的貓來，那隻金黃色的加菲貓，很神經質，一直躲到椅子下不出來，等牠甘願走出來，又歪歪倒倒在主人的膝蓋上睡著。花客有段時間天天來，每次都待很久，我都要以為她愛上我了。

如果雨客是感性的，花客就是性感的，不自知的性感更性感，她常常在戀愛中，自言沒有愛就活不去，這種人也多了去，多半有些好看，異性緣好，敢愛敢恨，戀愛史跟文學史一樣長，她們容易愛上人，不管多老都會碰見她們愛的人，失戀時也要死要活，戀情倒是無縫接軌。以前我羨慕這樣的人，只是老聽她們的戀愛史，覺得自卑又不耐煩，這麼快換主角，吸收實在困難，再說她越說越讓人懷疑愛本身，也懷疑這也是種炫耀，一無所有的人，才需要炫愛。

也許常在戀愛的人自有一種人情練達，當我有橫逆或犯小人時，看我愁眉不展，她會說：「唉呦！這有什麼好愁的？就當出門踩到屎就是了，屎尿中也有真理，你看它是屎，我看它是黃金。」

這是花客讓人又愛又恨的地方，想抗拒她又想靠近她，有一天她在我的沙發椅上睡午覺，家裡有客讓我無法放鬆，只有到外面掃落葉，天色變灰，樹葉顫抖，水氣凝結成薄霧，這是雨前的徵兆，果然在小路那頭，看見雨客慢慢走近，這時下起像斜線般的雨。

雨客進門時，花客剛好睡醒，雨客並沒抬頭，他們似乎也沒什麼閃電或火花發生，但我知道他們早晚要遇上，遇上便會愛得死去活來，只是現在還沒有，不僅沒有，看來還互相討厭。

雨客討厭花客的輕浮，花客討厭雨客的淡漠，我只知道傲慢與偏見相剋，沒想到輕浮看不慣淡漠。他們的第一次見面沒有交談，花客抱著貓觀察雨客，雨客低著頭喝茶，喝完幾泡茶即離去。

這之後，花客還是天天來，雨客卻久久不來，他是看出了什麼嗎？

花客似乎對他沒什麼興趣，只有一次她問我自心通與他心通有何區別：

「我不相信什麼神通的，我只相信看得見與想出來的。什麼神祕經驗與直覺都不相信。」

「那你也太局限，譬如人在戀愛中，會覺得與所愛的人心靈相通，像古人講，的『以我心換你心，始知相憶深』，不是嗎？」

「古人有靈氣，現代人不講這套。」

「你知道我為何喜歡戀愛嗎？戀愛時覺得彼此是相通的，且變得比原來的我更好更自在，當然失戀時很痛苦，不被愛等於被否定，人是無法長期處在被否定的狀態，勇敢再愛是沒有辦法的辦法，」

「我聽說他心通的盲點是無法自心通，大耳三藏法師能夠猜到慧忠國師的內心跑到哪，當國師的心想定在自己身上，三藏就猜不出來了。閱歷他人越多，自知越少啊！」

「我知道雨客為何不喜歡我了。我只看見他人的愛，他只看見自己的愛。從明天開始我有一段長時間不會來了，直到我能看見自己。」

從那日起，花客與雨客好久沒來，沒有訪客的房子空靜到有點死寂，這讓人想到沒有人可以完全孤獨。

雨客與花客失蹤的那幾年，院子的花一一死去，起先是玫瑰，接著是蘭花，連生命力很強的龍吐珠、軟枝黃蟬也枯萎，最誇張的莫過於茶花整株被盜挖，只有梅樹拚命長，每下一場雨就長橫一尺，已快成樹牆。才不過幾年間，父母、親人一一逝去，衰敗傾頹之年，氣候劇變，冬十二月熱至三十度，夏季漫長，熱至四十度，我想念花客與雨客還在的日子，那時四季分明，冬冷夏熱，春寒秋涼，如此理所當然的日子已不復返。

有一日，晨起有薄霧，特別想念雨客，這時有人按門鈴，我迎了出去，開門一看果然是雨客，我欣喜地說：

「雨客，我等你等得好苦，你到哪去了，可有遇見花客？」

梅樹兀自挺立。

「我就是花客，說是流浪許多年，其實是跟隨雨客的足跡，我想看見自己，他想看見別人，我們相戀了，我變成他，他變成我，不，應該說我身上有一半是他，他身上有一半是我，從此花客就是雨客，雨客就是花客。」仔細看他，他低頭的樣子，說話的樣子，跟雨客幾乎一模一樣，只有懷中那隻金黃色加菲貓，還有常在戀愛中的表情，還有花客的影子。

「所以雨客不會來了嗎？」

「會的，只是他現在到處串門子，不知什麼時侯才會來呢！」

我依然等待雨客的到來，他是否長得像花客，或者是另一種混合體，這樣想著，期待有一天他將翩翩來到，這樣想著，日子變得容易些也輕快些。

芳香之年

梅花開時，樹周有股魔魅氣息，圍繞著看望著有銷魂的暈眩，花期只有兩三週，我總捨不得離開，錯過一兩天都覺遺憾。有一年客座香港，聖誕時回台，但見白花滿樹，我不在時，它們似乎開得更好，兀自上演潔白幽獨的劇場，而我沒被邀請，難言的情緒讓我繞室亂走，邊走邊哭，必須離去時，又暗吞許多眼淚。

妹妹總怪我薄情，又說我們家的人都不懂愛，如今我不知什麼是愛什麼是不愛，只能說每個人愛法不同，愛花愛樹勝於人是種病我也認了。誰說草木無情，它們以清清淡淡訴說存在或不在，其中也有愛的可能。

爸媽臥病那幾年，年還是過得熱熱鬧鬧，我寧可提前回去，吃完年夜飯，年初一就奔回宿舍，那通常是花期末了，遠遠地聞到梅花香，冷香中帶絲甜，醒腦又醒心。通常關門寫東西或看影片，將帶回的年菜熱著吃。推開大門有滿樹白花，異樣的喧譁。

母親過世後第一個新年，四姊妹相約在京都過年，今後只有在彼此身上尋找母親影子了，母親亦是不懂得愛吧；她以精美物質填滿我們的成長空間，以致我們遠離老家之後覺得四處荒瘠短缺，人情冰冷，而她從不來看我們，那是作為母親高傲的尊嚴，我們只有一次又一次爬回她身邊，我就是這樣漸漸失去愛的能力吧！事實證明生活沒有愛也能過，或者談著一段又一斷荒誕不經的瘋狂戀情，以強度與痛感欺騙自己這就是愛了，不確定感與狂躁同時存在，戀期一次比一次短；我不認為那不是愛，只是我的愛與人不同，強烈而短暫，讓他人與自己同樣遭難。如今單身生活近二十年，孤獨已成日常，放掉情欲，覺得是大解脫，如此荒寒也是種素簡日子。

京都氣溫五六度，沒想像中冷，逛祇園時，還穿連身洋裝外罩七分袖毛絨外套，走沒幾步，臉上有刺痛小點，一摸是冰雪，氣溫急降，冷得受不了，躲進星巴克喝極其迷你的拿鐵，沒幾口就喝完，在這裡所有東西都要短少些，譬如身高、食物、房間、表情……。但見姊妹們往古牆的那邊走去，窗外的雪越下越大，手攜手的細雪姊妹花，往繁華的方向去了，寒冷讓人木然與退縮，我的注視如同亡母的視角，看著她們遠去，天人永隔，雪如果一直

梅花骨氣至剛，花質至柔，因其無心無私，以潔白芳香獨立於荒寒中。

下，我會一直坐下去，卻不知要退至如何之地。

同走那條哲學之道，地上猶有殘雪，幾株粉紅梅花開得詭異，可能樹太瘦小而花太多，如同照相館的假花布景，那條小路也像相框中的畫面，死寂靜止，只有姊妹之情是真實的，因為我們都在尋找彼此，深怕跟丟，或者誰不見了，彷彿這世界死過無數次，剩下我們獨活，只有彼此。

那條路特別長，似乎永遠走不完，路到大馬路，應該是盡頭了，彼方微微的上坡，有股神祕氣息吸引人．如果能繼續走到對街那條更長的小路就好了，如此留下懸念（後來在早晨快走中，每每看到對街的斜坡小路，總疑惑著到底有沒走過因而遺憾著，其實是走過的，長約一公里，我確定；這是哲學之路留下的遺憾，走路走到迷途或迷惑，其中真有哲學在其中）然那天真沒走完，天氣實在太冷，我們攔了計程車走了，回旅館加好幾層衣服。那個年夜吃日式火鍋，菜量太少，越吃越餓，熱量嚴重不足，遂買了許多高熱量甜食當年夜點心。四姊妹原本分住兩間房間，最後擠成一間。

看電視吃東西即是圍爐，天氣報告實在準確，近午下雪，一週唯一的雪天被我們碰著了，正在作下台演講的首相面無表情，跟他的西裝一般工整而無一絲波紋，這不知是一年內連續第幾個的下台首相，是應該淚下或無奈，端出這木偶般的臉，只能說恥感太深的民族，在越激動的場合，越要收起情緒，令人為他感到尷尬與抱歉。

過了凌晨，把歲守好了，各自睡去。

隔天新年一早吃完飯店豐盛的早餐，然後去逛三十三間堂，佛像與羅漢雕像高大精美，排成神聖的密林，每個神隨時都像要活過來起舞，這廟有著獨特的魔力，我們都抽了籤，虔誠敬拜，一切流程宛如孩童時；那時母親青壯，年夜飯辦得轟轟烈烈，幾個姊妹擠一個房間守歲，年初一通常父親要放一長串鞭炮，母親則將七個兒女打扮得漂漂亮亮，光撕下的包裝紙就丟一地，然後去拜三山國王，大約中午在家門口拍全家福照片，以下是自由活動時間。

母親走了，我們想過個不一樣的年，在沒刻意安排下，把舊年照樣走一遍，有些情感無法訴說，只因埋太深。

那之後，種種人事變遷，聯繫越來越稀。

也不是真的冷情，而是對通訊漸漸慵懶，漸漸對講電話不耐煩，縱使熟人打電話來也常激起不悅，如果是陌生人就是侵犯了，冷冷地說：「我不認識你，別打給我！先寫信。」以前姊妹常有的視訊排不出時間，覺得很疲累很麻煩。

與學生的關係因過分親密，反而失去分際，失聯的、冷戰的、漸行漸遠的……，一切的聯繫都成枉然。若說無情，為何痛入肝腸？

四十歲前不由自主被鎖在緊密的人際關係中，大家庭出身又嫁入大家庭，種種壅塞窒息，文章沒寫好。四十歲後周圍的人一個個遠去，所有的時間以寫為中心，人際關係只有學生，上天的安排可能是讓我清靜地寫，盡情揮灑，或者去愛學生，這也算別樣的福分吧？

如今新的梅花又將盛放，年又翻新，新的學生擠滿屋子，義務開班的創作學生，從四面八方來，其中有人說：「來這裡比看心理諮商有用。」我無意治療他人的傷痛，因我內心的破洞更大，此生非好女兒、好妻子、好母親、好姊妹，應該還算無私的老師吧！

梅花骨氣至剛花質至柔，因其無心無私，以潔白芳香獨立於荒寒中，就再陪我過個年吧。

蛇少年

搬來這老屋已進入第十年，當初栽種的樹不知不覺長得很高大，屋子破舊之後蛇鼠出沒，玫瑰早已陣亡，改種的孤挺花開花稀稀落落，桂樹長到高過屋頂，細長如柱，兩棵並排在門口靠右，就像守衛大將；再過來就是梅樹了，它已長到枝壓樹籬，體積擴到馬路，傳說梅樹有靈，我也相信，在白花如飛雪，青梅若圓葉，你越追蹤越入迷，恍若通靈。天井中歷史最悠久的是鴨母藤，從鄰家蔓生到遮住窗戶，室內的光線更暗了，這陰森好像是通往暗黑、恐怖的通道。有一天看到蛇在屋簷盪鞦韆，尾巴垂下約兩尺，表演甩尾，我想不會吧！蛇都爬到屋頂了，是因為剛割草，無處躲藏才曝光？不，牠沒有躲藏的意思，東海的蛇大多是眼鏡蛇，我心中浮現兩個念頭，一是該閉上眼睛當作沒看到，二是把它當作伊甸園的景象或動物頻道，有距離冷靜地觀賞，我選擇了後者，沒有驚叫也沒有逃走。

蛇甩尾上屋之後，以為牠走了，很快的牠的頭浮現朝我遊來，速度很驚人，在幾乎靠近我時，牠順著眼前的鴨母藤枝幹爬行，從未如此近距離地面對面，牠的頭小，頸子瘦，腹部肥大，這麼小的頭一個小洞就鑽進來了，房子早就有老鼠，所謂蛇鼠一窩，鼠鑽洞引蛇進，鑽的洞大概是同一個。牠應該是剛長成的少年蛇，剛吞食獵物，是鳥嗎？還是老鼠？灰綠的少年勇猛地前進，我看著牠，也許牠會撲向我，害怕嗎？有一點，但那一刻就只能屏息，聽自己的呼吸聲，連關窗都不敢，當更驚恐的情緒還沒襲來前，牠已經遊過牆頭，往樹的那一邊去了。

牠有可能遊回來嗎？房子白蟻多，破綻越來越多，很有可能找一個孔隙就進來了，越到夜晚，我的心越不寧。

以前不是沒碰到蛇的經驗，譬如連續幾日蛇進屋，過程曾用短句記錄：

S與Q的季節

那時你帶著紅皮詩集來

只唸了半行

「不要驚動
不要喚醒……」
引來一頭軍綠的毒蛇
開門時牠站成L
書寫象徵
頭呈三角前後移動
如被邀請的貴客彎腰鞠躬
無法接待
關門躲在窗後
看牠沒趣地S走
黏液爬痕形成銀河分隔
你站在另外一邊
冷冷注視隔閡
從來都是觀眾
不肯入戲

確定來過伊甸園
L.S是你的奧義嗎

或者你就是那頭蛇
被茶花盛開的姿態引導
在簷下貪圖涼爽
開門L來
關門S走
隨興的停留
只為貪香

你走後來了第二頭蛇
沿著花盆與窗框快速蠕動
「不可能是蛇。」
「不過在窗外路過，不會進來的，不會吧！」

啪一聲掉到桌上
打斷心靈獨白

從此屋裡有頭蛇
處處提防
常常從噩夢中驚醒
咬著了真咬著了
腳踝刺痛
心口泛疼

又或者你是那半行詩
在暗處躲藏伺機出擊
咬住另外的半行
「我所親愛的……」
或者餓死

水管發出腐屍的氣息
或者悄然離去
無香無臭的斷句

但願你從未來過
隨著雨後的烏雲遠離
如同移走的那盆粉紅芳香
從此長埋地下
空靜的庭院河流般潔淨
屋內再無尖叫聲
僅有怔忡的剎那
裝死的小蛇繞著迴圈成Q形
燒燼的電蚊香
轉頭化為風煙
話語因此消失

這麼多次與蛇兄弟交會，說實在，我很願意跟牠們和平共處，只要牠們不進屋，不咬我就行，然而房子真的到處是洞，牠們總有一天會進屋的，那一晚上床時，蛇的影像清晰浮現，這時蛇少年站在房間最陰暗的角落說：

「你怕我是嗎？」

「誰不怕蛇？」

「人殺蛇比較多吧？蛇咬死人的機率很少。」

「前不久我的鄰居遇見你們，然後死了，他的狗也死了！」

「他是嚇死的，心臟病發，他那隻大狗瘋狂叫與咬，我們才咬死牠。」

「你想咬死我嗎？」

「不，想跟你交個朋友？」

「朋友？什麼樣的朋友？」

「其實，那天我知道你站在窗內看著我，我故意游得很慢，你看到我的眼睛了吧？」

「嗯，小而圓，似乎很自在的樣子。你看見我了？」

「我們的視線只能看到光與影，那天我在光中，你在陰影中，但我感覺到你的存在，我們靠得這麼近，你大可拿長剪剪了我，或者我也可咬你一口，但因為你很安靜，也沒有逃，我在你的凝視中，而我也感覺到你的凝視。那是友善的眼光，不是嗎？」

「只能說人在緊急的一刻，變得更專注，更無雜念。是的，是無雜念，跟友善無關。」

「我看到你寫的詩……」

「那不是詩！只是短句！」

「呵，我又不懂詩，你急什麼？」

「蛇有記憶嗎？」

「有，非常短暫，不要忘記我是蛇精，我是記憶的交織者，擅長潛入別人的心靈。」

「我只願能遺忘一些事。」

「你可以跟我許一個願，我們也許還有一些緣分。」

「不會吧！蛇兄也有阿拉丁神燈？」

「你忘了，我們還是許多部落的神。」

「是啊，但我不知要求什麼？」

「你不是想遺忘嗎？我可以讓你失去記憶。」

「譬如時光倒退，年輕個二十歲？」

「這個願望早就實現了，現代人都比以前多活二十歲，看來也年輕二十歲。反倒我們的生存空間變小，比以前短命啦！那你想多活十歲嗎？」

「不想。」

「我認識花客與雨客，你不是在等雨客？想見到他嗎？」

「他會再來的，我不急。」

「其實你已陷入太深，中了花毒，你會越來越像花客，尋找與等待著雨客。」

「不，我已年老，好不容易修到無欲無求，不想再愛。」

「你遇見我啦，伊甸園中的蛇。算是我送給你的願望。」

「等等，我不要！」

蛇少年消失了，他所站立之處化為一道白光，消失於床底下，隔天我在床底下找到被白蟻蛀空的大洞，因被行李箱遮住沒發現，看來白蟻麇集在床下已有一段時間，才能吃掉這麼個大洞，花梨木的地板一旦有洞，蛇鼠就容易進出，怪不得房間飄著一股酸味，蛇兄弟是來告知我的吧！

我買來殺蟲劑與樟腦丸填充那個洞，上面蓋著重物，這只能抵擋一時，最好是地板全部翻起來重新裝修，但我再兩年就會搬離，大工程就免了，只能將就。

天氣漸漸轉涼，進入我喜歡的冬天，蚊蟻減少，吸血蟲與蜈蚣也不再進屋，蛇兄弟想必準備冬眠，牠是來跟我道別的，或者說明年再見。

至於牠送我的願望，我沒太大感覺，一日復一日，慢慢失去現實與非現實的分際，分不清人與我，人與物，人與非人的區別，或者一個半生半死之人，看鬼是人，看人是鬼，花為精，樹為妖，是很自然的事，它們有它們的語言，你要特別傾耳靠近，才聽得見的天語。

平安竹

竹子原來種在花盆中，是為限制它們漫生。後院的竹林長到三層樓高，樹幹比大腿還粗；竹子細時優雅，太粗只能說恐怖，且糾結密集，雜亂成林，遇風發出搖櫓聲，遇有折斷則打到我的牆頭，因其壯大無法移走，每有颱風，腰折斷落，狀況甚慘，我已經放棄整理，對竹毫無幻想。

之後小院砌空心磚圍成小圃，種一株葫蘆竹，園丁的建議我一向投降，他說它們成長緩慢，樹身短胖如葫蘆，甚是可愛，如此便有一株竹，僅一株。

園丁整理完庭院，偷偷在牆上掛了一盆石斛蘭，花開如瀑，他年近七十，還在山上種菜種花，栽種之術十分強大，臨走時又在窗口放了兩條菜瓜，肥壯翠綠，擁有一個這樣的園丁是幸福的。

門口那兩盆竹是怎樣來的呢？喬遷之時，學生送我兩盆桂花，長得十分高大，這塊乾枯的土地，桂花長得特別好，便將它們移植到屋側與老桂樹為伴，如今長得比房子還高了，身長玉立，一點也沒桂樹的樣子，倒有柏樹的樹形與生命力。

園丁把鳳尾竹移往花盆以限制它們的生長，八年來它們被控管得很好，慢慢長，頗為節制，它們渴不得，多日不澆水，葉子蜷縮像蛋捲，然只要一盆水，葉子馬上神速展開，竹有君子節，然節毀於渴。

前幾年將舊居的茶花，移至葫蘆竹處，竹移至後院之外那片原野中，如今已長成一片新竹林，與舊林形成林海，連接著七里香林，成為禁區：我知道有許多動物在那裡躲藏，七彩長尾雉、貓頭鷹、毒蛇、野兔……，至此再也不敢到那片原野，有一日開後門，但見一隻黑貓，雙眼熒熒金黃，好個自由逍遙之區，很好。

用樹來紀念一個人，寫樹如寫日記、傳記。竹子讓我想起老園丁夫婦，整院之時，他們已很老了，時經八年，相信他們依然康健，愛在山上種樹種花怎會老呢？園丁夫婦兒孫滿堂，或者早已不接工作。有一日飄小雨，見有人在側院割草，我每聽到割草聲就歡喜，這意謂著將有一片乾淨平整的院子。

他穿著藍布長圍兜，割草機的聲音如雷暴走，我隔著圍籬呼喊他：

「師傅，你何時來的？」他繼續割草沒搭理我，也許割草聲真的太大了。

「師傅，竹子長太多了，可以幫我砍一些嗎？要不，被風吹垮的仙桃樹，可以扶正嗎？」

那棵仙桃在茶花與花架之間，也是他幫我架好栽種龍吐珠，花還沒爬到架頂就枯死，旁邊本有棵玉蘭，長到一樓高，去年被颱風連根拔起，這高地可說是重災區，日照太強澆水不易，種在那裡的櫻樹被白蟻吃了，雞蛋花長不好，開花兩三朵，只有仙桃樹在幾年之間長成大樹，結果時就有人偷摘，其實不用偷，這本是師傅送我的。

「仙桃生命力強，不用照顧就長得很好。」園丁說。

果然它長得很好，在那片業已荒蕪的高地，只有它亭亭如蓋，遠遠望去像夢樹，長滿仙桃的不可思議之樹，種在不知何所有的仙鄉。誰知去年的颱風將它吹倒，倒了也沒死，果然真有仙氣，繼續長，最近還開了花結許多果子，傾倒的樹長傾倒的果子，看了很心酸，重災區變荒蕪區，我已有許久沒到那裡。

「無救了，就讓它這樣活著。」

「這麼久了，你去哪裡呢？」

「腳不行了，沒辦法上山種樹，住到孩子家養老。」

「我需要一個新園丁，找不到像你這樣的。」

「花都死了，樹也倒了，花園變成荒郊，牽牛花都快長到你家屋頂，這是不祥之花，你多少也自己整整。」

「實在能力不足，每天早上澆水，修剪花木還是有的，自從竹林蔓生，擋住去路，我就放棄了，人終究勝不過大自然。」

「不該幫你種竹，那時想『竹報平安』，梅蘭竹菊都該有。」

「現在只有梅與竹了。我可不想成為林下之士。」

「那也沒辦法，竹子一但種下了，自然成林，它們只有向前，沒有退路。」

「自從竹子變多，我的生活不但不平安，還多了許多凶險，搬來隔年，好友Z過世，接著母親過世，學生跳樓自盡，去年父親也過世了……。」

「人都是要走的，但總會留下一點什麼。」

「我不覺得他們真正離去，Z過世時我為她種了一棵櫻樹，學生是火球花，母親是梅樹，父親沒想到種什麼，還沒想到。我總覺得他們還在我身邊徘徊不去。」

「我就是那竹子……」話沒說完，園丁消失於原野的那一端。

樹上松鼠的叫像小狗的哭聲，牠怎麼哭了，是卡在樹上受傷，還是失去伴侶？

割完草的院子乾淨平整，我的心平靜一些，竹子嘛，我會找到相處之道的。

我每聽到割草聲就歡喜，這意謂著將有一片乾淨平整的院子。

雨夏

整個夏天都在下雨，房子充滿水氣，白蟻更是活躍，吃我衣，挖我地，穿我屋。

連老鼠都進屋，自從貓走後，這裡的動物農莊整天開趴踢，壁虎爬滿牆，還跟飛蛾玩，窗戶咚咚響。

貓存在的好處不少，抓老鼠、蟑螂，壁虎，蛇都不敢接近。

饅頭在的時候更明顯，牠是小豹子，沒人敢接近。

但我不願意為這因素養貓。

好在我已習慣夜晚奇怪的響聲，咕咕是貓頭鷹叫，咳咳是松鼠，匡啷掉到冷氣窗的巨大聲響不是小偷，是隔壁的豬八戒或野貓。

記得剛來時，每到晚上格外害怕，深怕有什麼闖進來，現在住滿十年，已能辨聲。再說隔壁的大男孩快天亮才睡，有他守護應該安全。

以前常被雨聲嚇醒，現在有雨相伴更好睡。

雨下得小時格外好，空氣都洗淨，花樹得到滋潤。有時雨小到如煙似霧，只需穿個帽T或有帽子的防水夾克，便可走入雨中，煙雨中的樹木、花草，老屋、教堂，把你帶到遙遠的世界，那裡人與自然無爭，天與人親切。

最困擾的是雨後蚊子，吸血蟲、水蛭大軍入侵。以前常被蚊子叮到想哭，現在好像已有免疫力，舊血不香，專欺新客；家蚊不咬，雨後進屋的野蚊完全不客氣，咬得滿臉紅點點。以前蟲蟲不敢抓，現在衛生紙一包丟窗外。

連日大雨就不妙了，老房子通常吃不住驟雨，尤其是下不停那種，這時雨水沖刷牆面，油漆剝落，有孔隙的地方進水；樹木的蟻穴都動員起來，準備趁隙而入，有紅蟻、白蟻、黑蟻，牠們什麼都吃，只要是能吃的都被蟻群包住，白蟻入侵的地方都是你想不到的：床底下的木地板、剛買的椅子、名牌包、喀什米爾毛衣……，再怎麼好的東西，只要有螞蟻就得丟掉。

當雨下得如潑水，加上狂風，老屋就吃不住了。有一年颱風刮走幾片屋瓦，大雨直接沖進屋，接好幾個臉盆、鍋子都不夠用，整天亂糟糟，跟火燒一般緊急，到處找工人補救，連飛走的木片都補好，一顆心才安全降落。

這時我會想以前的人是怎麼解決老麻煩的。

老家以前也是這種瓦屋、甘蔗板格子天花板，晚上常聽到老鼠在開運動會，到會漏雨時，母親受不了，決定要重建蓋大樓，沒人擋得住她。

當烈日把柏油路都曬融，黑油滲出地面，路上幾乎無人行走，只有牛車慢慢駛過，車輪壓出輪子的紋路，這時午後的西北雨澆熄一切熱氣，如果沒雨，傍晚時會有人出來灑水，水在這時是甘霖。

大雨後，老鼠躲進屋，不知死在哪裡，腐臭味要好久才散去，幼時熟悉的氣味，焦慮到無處可逃。

如果是熱帶性的驟雨，只要下上一天，災情就嚴重了，剛長好的稻穗泡水，剛結好的水果，紛紛落地，農損相當可怕。

如驟雨下上兩天，水溝的水都滿出來，家裡就進水了，這時凳子、臉盆、塑膠玩具都漂出來，孩子們興奮極了，大人們忙著搶救，舀水往屋外潑，可是一切都來不及了。

我對雨的愛憎兩極就這麼來的，小雨如詩，驟雨成災。

雨後，才是災難的開始。

白蟻吃掉整片花梨木地板，引發想逃的恐懼感。

當蛇、白蟻、老鼠進屋時，表示天已勝人，你被生態打敗了。

這時我也是想以前人會怎麼辦。

除非把房子重新打掉再造，樹木砍光重種，外面的每棵樹都有白蟻，光是重建房子也是沒用的。

因此，當大雨一直下，我聽到的是蛇聲、鼠聲、白蟻聲，聲聲令人愁。

下雨時焚香特別適合，可以化解焦慮，再來是除濕除蟲。下雨久了被困在屋裡，長長的下午最難度過，這時拓一個香半小時，焚香半小時，調製合香半小時，再拓再焚，一個下午就過了。有時香氣令人放鬆，睡了一覺，醒來滿屋芬芳，灰已冷，天色漸暗，老屋也得到療癒，乾爽清新，這樣的阻斷與空白，只有閒人知曉。

至於雨客，為何還不來？我等了無數個雨季，他在哪呢？

韭菜蘭

初搬來時，在房子的高地林密處發現百里香林與紫荊樹下的韭菜蘭，夢幻的紫藍色，花朵小如米粒，從夏開到秋，它們把自己藏得很好，這裡少有人來，林蔭深處的纖秀野蘭花，一小叢一小叢，匍匐在隱密處，是花之隱君子。我將它們視為林中藍色精靈，長駐的仙子，它的花期長到與年歲相當，不朽之花，我常在那兒駐足不去。

傳說越是在風雨中，韭蘭越是開得茂盛，又有「風雨花」之稱，我是知道的，自從那裡的花木繁盛，我已鮮少上去，但我知道它們會越開越好。

藍色的蘭花並不多見，多半帶著精靈的氣息，精靈是藍色的，這能有什麼疑義嗎？中學校園前身是植物園，在圖書館前有一叢藍色勿忘我，清晨到校時，一定先向它報到，坐在花前讀書，如此書中夾有勿忘我，前些時讀歌德《浮士德》，翻開書頁，一朵業已發褐如蟬翼般的勿忘我出現，時間至少四十多年，近半世紀，原來當花非花，霧非霧，勿忘我以這種固著讓人記住。

那片比房子略高的高地，先後栽種仙桃樹、櫻花，還架了花棚，種有龍吐珠，生長速度極慢，還沒爬至半途就萎敗，之後又種最易生長的軟枝黃蟬，可能地質的關係，只宜樹不宜花，連櫻樹也被白蟻吃光。這裡的白蟻越來越多，只有仙桃樹長得不錯，還結了果子，蛋黃色的果子很醒目，常見一婦人來摘，我沒勇氣吃仙桃，倒歡迎有人愛它。近距離看那婦人，身上披披掛掛許多塑膠袋，她看到我有點心虛，躲到樹叢裡，大約知道我是主人，我雖是種樹人，並沒有所有權的觀念，鼓勵她摘，她說了許多我不明白的話，但那有什麼關係，這園子與樹原非我有，大地才是它的主人。

摘仙桃的女人，住這附近吧！遇到什麼樣的人生困頓，才會把塑膠袋往身上堆，世道太壞，瘋子變成遊民，遊民變成瘋子，五六〇年代，白色恐怖時期，街上常可見到這樣的遊民，有一次還被追，只因我不小心打落她手中的包子，我從沒跑得那麼快，後來到底是怎麼跑開的？想不起來。或者我一直在跑，至今都沒停止，已分不清她跟我的區別。

前年颱風來襲，草原上的樹都倒了，仙桃倒一半，那裡已經變成樹的墳場，臥倒的樹只清掉一半，斷枝遍地，毒蛇出沒，我已不再到那裡去，隔年半倒的樹又長出新葉，應該也結了果子，掛塑膠袋的女人也不來了，草原已成荒原，布滿蟻丘。

人不但無法勝天，天最後還是要人服他的。

生態最好的狀態是人與自然平等相處，相融無間，人勝天，自然必被破壞：天勝人，人只有節節敗退，並會滋長些什麼怪怪奇奇的異象，生出鬼怪精靈，這是必然的走向。

我知道韭菜蘭會開得很好的，它們才是荒野的主人。

我已不是這房子的主人了，白蟻入侵臥室、客廳，吃掉整座沙發，木頭地板已蛀空，白蟻吃木頭的聲音像時鐘的滴答聲，牠們也像時鐘吃掉每分每秒，以及房子的骨架，沒有比靜夜中的白蟻聲更令人感到無力，那是孤寂之聲，也將腐蝕我的美夢，不必是百年家族，也不必亂倫之愛，它們是無有中生出的無有，是另一種空性。

哪天房子會倒塌呢？答、答、答。

現在只能懷念那年初到的夏天，彼時清晨常到百香林中，探看我的小蘭花，草上的露水未乾，我的褲腳濕了一角。令我想起古老的輓歌：

薤上露，何易晞。露晞明朝更復落，人死一去何時歸。

搬來此屋至第五年，父母親相繼躺下。父親有次來看我，我問他要搬來同住嗎？他一路從房子走出去，一路搖頭，那個姿勢好清晰，好像還在眼前繼續搖，他們一輩子都住在故土，離開是不可能的。此後幾年間爸媽相繼過世，一直覺得他們還在，在某些時刻，他們的影子會淡入淡出，像蛋黃與蛋白的關係，有時晨起，母親的淡影隨我起身：母親如今與我的觀音像合為一體，父親就是這小藍花吧！生前他們都愛花成癡，父親愛種花，母親愛插花，現在我這裡樹多花稀，但有一種不死，是我們共同的愛，它將開成不滅的花。

那個身上披掛著塑膠袋的女人又來了，傾倒的仙桃樹，結出兩顆果子，我從屋內窗口靜靜看著她，她摘果子的專注神情，讓我感到愉悅，她是這園子唯一的客人，她看見小藍花了嗎？

白蟻吃木頭的聲音像時鐘的滴答聲，也像時鐘吃掉每分每秒。

火球花

火球花不開花時就是爛草，開花卻特別誇張，圓球體，火紅，纖弱，花期很短三兩天就凋謝，就在梅雨季節，如果沒搬進屋內，一陣雨後就五馬分屍。開完花，枝葉萎謝，化為花泥，你以為它死盡了，隔年又抽出枝芽，長出不可思議的花朵。

剛來時院子種滿草花，喜歡的花全種了，玫瑰、鳳仙、雞冠花、金盞花、薰衣草、水仙……成花壇排列，擁有這樣的祕密花園，可說是完成夢想的高點。

這個美夢維持不過幾個月，薰衣草最早陣亡，然後是鳳仙，之後一切不想回想，這裡的土質乾旱，根本不適合嬌弱的草花生長，最後只剩種在盆中的火球花。它剛開時只一球，那時花種多，沒特別注意，直至草花死盡，在學生H過世那個五月，那個殘酷的五月，雨下個不停，聽聞死訊那天把花移至屋內，在心情最低落時，是隔天吧！突然開出兩球好大的花，心中也有暖意，我把它視為H的魂魄歸來：

六月細細長長
過於潮濕的井
黏膩的磚塊發出苔氣
有時落到最底
蟬叫拍著海浪

窄窄的夢浮著光
有人在夢外喊你
細弱的愛
化為無所不在的鋼音
當火球花似煙花爆炸

痛苦接近的刺狀芒點
一夜開成節慶
三日花屍滿地
沸騰過的心情被驟雨沖失
胸骨更深處在酸疼

也曾有過這樣的清晨
哼著歌帶點微暈
跨到草地那頭檢查鳥巢的雛音
為此走失一隻鞋
回程路上有人練舞
跟著跳幾步德布西
直至身體鬆軟如泥
內心隱藏的纖狀裂痕
盛開命運的花序

被季節框架後不斷變換圖形
類似一排瘦高的長窗
冷冷張望

如果是黃昏
牆的那面被雨打濕
野草翻騰漲潮
被神允諾的木蘭終於綻放
瑩潔碩大仰望的臉
「我們認得？」
「從不認得。」
凋零從來無法忍住
每種分離都難以發聲
只有不斷抽長的深井
尚存一線回音

之後，每年五月都會把火球花搬進簷下，花已開至三球，這兩年院子荒廢，許久未進院子，於是忘了火球花開季節，在一次驟雨中，看到院子似有紅花粉碎，我的心抽痛，我都忘了H與火球花，他應該不能原諒我吧！

H在院子的那頭，如初見般俊美與甜蜜，他穿著粉紅襯衫與牛仔褲，躲在蘭花叢與鴨母藤下：

「你怨我嗎？」

「曾經，我寫過那麼多信給你，你都沒回……」

「那是你腦傷開刀之後，整個人都變了，信很亂，可以看出你的瘋狂，也許那時就該阻止你念研究所，但你太堅持了。」

「是啊！我沒作出一本張愛玲研究，死不甘心。」

「現在還在寫。」

「還在寫。」

「那可一起作伴。」

「我一直陪著你啊，你知道的，火球花……」

那一年開張愛玲研究課程，大四的他來聽課，我們合力抄寫一本《小團圓》，那時我們尚有自己的小團圓，他在創作與研究之間自得自在，聽到他要去當兵，我說：「不要吧！你長這麼漂亮……」他無畏地笑著，那時他相信這世界，並回以滿滿的甜蜜巧笑。

前幾年張愛玲研究放下了，也斷了跟他的聯繫，再聽到他的消息，他已跳樓而亡，那個五月雨特別多，有一天晚上夢見他，清晨看到火球花開，覺得像是他的魂魄歸來，化成赤炙的花朵，從此見花如見人，每到五月便移花入屋，怕雨打到他。火球花最怕風吹雨打，一場雨就能讓它化為烏有。

柔弱的花妖，如今一年一會，五月相見之期，我們會有長長的對談。

等雨已成日常時，再盛大冗長的陽光都會被原諒。

赤道雨

這裡是北緯三度，赤道在馬來西亞與印尼的交界加里曼丹經過，一個出產上等沉香之地。熱歸熱，感覺跟台灣南部夏天差不多，一年有兩百多天下雨，尤其是九月到十一月。聽說十月下了整整一個月雨，我到吉隆坡那天是唯一沒雨的涼季，這裡的涼季高溫超過三十，太陽帶著刀光，亮得睜不開眼，我被這樣的陽光驚醒，夢卻還在故土。

醒來發現自己曝曬在異地的晨光中，天花板巨大的電扇發出令人不悅的聲響，最富於熱帶氣息的不是烈日，也不是熱帶雨，而是占去大半個天花板像飛行槳似的電扇。時時刻刻繞得人頭暈，如關掉它，室內溫度太高，出去曬太陽也是太傻，外面更熱，整天開冷氣也不是辦法，這裡都開十六七度，跟冰櫃一樣，讓人完全無法思考，只有整天轉電扇。

就是那電扇讓人發噩夢吧！

早晨的陽光照進大半個屋子，透過格子窗，一格比一格亮，令人無法躲藏，只有拉上厚厚的窗簾，開燈工作，聽著那令人焦躁的電扇聲。

一絲風也沒有，外面馬路上無人行走，在這週末時光，連車都停在車庫或路邊，無絲毫動靜。

等到晚餐時分，大部分的車會發動，往餐廳集中區出發，常常造成大塞車。

空氣中充滿水氣，到近午隨時會下，彷如降神，半小時或一小時嘩嘩下完，完了不會拖拖拉拉，點點滴滴，氣溫降到二十六七，有點熱，但還不太熱，總之吹電扇解決一切。

這樣的氣候讓人想睡，我一天可昏睡好幾次，每次時間不長，在床上躺成N字，搭上大扇葉轉啊轉，自己都覺得長出另一雙眼，冷視這最頹廢也最病態的畫面。這樣的氣候不一定適合人，非常適合動物成長，張貴興寫的野豬與群象奔走的土地，讓人讀了血熱，但不知為何容易疲累。

這裡的人看來累累的，面孔黝黑的馬來人，說話很慢，動作也很慢，披著頭巾的印度女人，有張像修女般靜穆的臉；在電訊行工作的少女，動作慢到可以分格；台灣通訊行那些誇張快的動作與語速，你反應慢半拍叫你阿姨，再跟不上，他叫你阿嬤，跟這裡恰是兩極，怎麼這麼慢啊，我在台灣算是慢的人，在這裡隨時都要爆炸。

接待我的女老師年輕秀氣，在台灣讀大學與博士，說話慢慢細細，她說剛回來也不習慣，太慢了。

上她車時十一點多，太陽正猛，吃完快餐，出來雨下得不小，海洋的水遇熱蒸發，形成雲朵，雲化為雨又從天上來，這是好的循環，每個人被淋得很甘願，而且反應奇快，躲雨及出傘跟驟雨一般快。

也有快的時候啊，還可以嫌台灣雨下個沒完沒了，女老師說在台灣每逢下雨，她躲雨與出傘的速度常嚇到人，但她受不了梅雨季，大雨小雨一整天。

雨有很多種，在這裡只有一種。

出通訊行時，雨已停，天氣陰涼，潮濕的水氣讓濃綠色的山水如水墨畫。

當等雨已成日常時，再盛大冗長的陽光都會被原諒。

晚上到茶室坐，這裡的點心五湖四海都包，從燒賣、豆花、油條、紅豆湯圓、粉粿到南洋花花綠綠的冰與糖水、飲品都有，我點了最豪華的雷暴椰果冰，上澆綠豆仁，白果與糖椰果，才台幣五十，物價是台灣一半，所得也是。

我不以為賺到便宜，一個外地人會在其他地方補上另一半。

一切都有代價，並要求對等。

晚風吹來有涼意，今天又是難得的無雨日，雲朵沒有來，大海也沒有來。

在陰暗的海邊，我看到一個熟悉的背影，是那支有小葡萄的蒼藍小傘，那是雨客，也是花客，兩者的合一。

・

「原來你在這裡，我找了你好久。」

「一切都有代價，一切要求對等，不是嗎？」

「我已學會不要求了。」

「那你為何在這裡？」

「我心已成灰燼，天涯海角浪遊吧！」

「不，你要死去的回返，你要不愛你的愛你，恨你的收回恨意，欠你的還債，那就是你要的對等，這世界是沒有對等的。」

「那你跟花客？」

「我們不對等，只能合一。就像眼前的大海，它跟陸地不對等，但是他們無縫合一。」

「殘缺的我，要跟什麼合一？跟大自然、花草樹木？」

「你那不是合一，是投射，你必須先忘了自己。會有的。」

「我如何認出他？」

「如同魔鬼的，總會碰到宛若天使。」說完，宛如雨客的花客，走向海的那邊遠去。

他明明已走遠，我卻覺得他藏在我身後。

茶客

茗仙子

放下茶器的手，要有與愛人離別的心。——武野紹鷗

車至「晉遠堂」，主人賴師與夫人在門口相迎，日式的木拉門，一入門茶葉香氣撲鼻，我不禁說「好香！」這不是一般茶葉店的混雜香，而是老而純的古香，布置陳設相應的古雅。我們相約喝茶，卻是初次見面，我獻上一盒巧克力，友人的贈禮是我的新書，我猜這個想出書的茶人，想跟我結文字緣吧！

我喝茶粗魯，一向是大馬克杯泡一袋裝紅茶包，喝到無味為止，數十年不變，對手續麻煩的事一向無耐心，尤其是工夫茶或現在流行的茶宴。喝茶嘛，越便利越好。

落座之後，主人自動泡茶，他雖白髮稀疏，臉孔圓潤有雅氣，夫人倒是髮厚額上一坨霜，很是醒目，有原民的深刻輪廓，她自稱茶童，嫺熟地準備開席。第一泡是大葉烏龍，我沒細心體會，倒是跟著他的茶序走，先聞香，再換杯喝茶，他說畢生對茶的體會很多，可惜知音寥落，他說這大葉烏龍根深一米六七，個頭也是一米六七，種植困難，喝來氣味很嗆，常被認為是劣品，賣不到好價錢，然茶主卻要三倍價，他第一次喝到這品茶，就問茶人在哪，他全要了。茶人是個怪人，執著這艱難的茶路，不久得舌癌死去；「每當喝這品茶，我總想到他，他的堅持與死亡，現代人絕做不到。」帶著情感品茶我懂，愛講故事我更懂，但只覺茶味普通，其實是不經心。

主人說喝茶要觀心觀氣，嗅覺開啟神祕之門，味覺更靈敏，這時要觀察氣往哪裡跑；第二泡茶是小葉烏龍，我才定下心來聞茶香，鼻子深入杯口深呼吸，起初氣味渾沌，再吸有股刺鼻味，就是賴先生說的「苔味」，只有老叢才有的土木混香，然後釋出一股奇特的幽香，我脫口而出：「像肉桂」，主人的眼睛發亮說：「對，就是肉桂。」然後他比著兩頰「氣從鼻梁自兩頰而下，肩頸自然放鬆，下垂，你感覺到了嗎？」我正想這是不是心理催眠，主人卻說：「有時我常想這是不是主觀的幻覺，然而許多人都有同樣的感受，你也可驗證。」我是覺得放鬆，但不到雙肩下垂的境地。

第三泡是清流潤大紅袍，很好的岩茶，我不覺得自己嗅覺敏銳，深沉地聞了幾下，香氣濃烈，越來越發散而富於層次，其中有股熟悉的味道，「有沉香的味道。」這時主人神情激動說：「是木質香，因是老叢，有很重的木頭香，接近你說的沉香。它的茶氣濃烈華美，喝來卻圓潤異常。」天哪！我是亂猜猜中的吧？這時感到鼻梁發熱，說：「氣在鼻子，而且往上衝。」他點點頭，這次沒說話，我覺得茶味真的滑順，口中生津，最奇妙的是氣整個在眉眼之間晃蕩，我說：「想哭！」主人的眼眶泛紅：「每當人生困頓的時候，我都是用喝茶度過，它治療我的病痛，還有創傷。」喝茶喝到想哭，這種境界是我從來想不到的，常聽過酗酒，現在我相信酗茶。

賴師這時說：「你的臉發紅，這是好現象。」

我說；「本來頭很痛，現在好了。」

友人提醒我們該走了，驚覺在這裡已近兩個小時，這時主人說：「那來最後一泡吧！」這時也捨不得走了，最後一泡是老普洱，這個茶我有點懂，在香港住半年，學會喝普洱，進茶店就買那最貴的散茶，喝來無霉味就算好茶，主要是不影響睡眠。眼前這從茶餅掰下來的三十年普洱，聞來在霉味之後有股若有似無的氣味，帶點猶豫說「香灰」，主人雀躍就快手舞足蹈，說就是客家人說的「火灰味」，我是不是該去抽樂透？我沒什麼品茶經驗，沒想用心也能猜中。

這茶氣在心腹部溫暖地包覆，茶味清透，沒有霉味，剛聞香時有霉味啊，主人說：「你沒注意換了杯子，老杯有過濾的作用，確實是清透。」瓷器我懂一些，要他找出最老的茶杯，他拿出的杯子有元青花的風格，我摸摸圈足很粗糲，便說：「新仿的。」賴師問：「到清？」我回：「不到。」他拿出另一只彩瓷，看釉色器底，我說：「這個老一些。」「到清？」「清末。」「是同治。」哈，我又猜對了，我們就用同治的杯子喝老普洱，喝至醺醺然如酒醉。

這趟氣與味之旅恍如一山過一山，風景各有各的殊異，剛說到「香灰」這一詞，心頭一震，原來這四泡茶是有設計的，就是成、住、壞、空的歷程，心到成灰便死寂，我們都沉默不語，一切絕響與結束都應該是這樣。

那過程太像夢境，我真的可以憑自己的力量抵達？隔日晨起泡了一小壺昨天的小葉烏龍，用老杯子喝，蒐集一堆老瓷器原來就為今天，聞香時還是柔美的肉桂味，喝時氣在眼鼻之間流竄，茶人的至福就是這樣吧！用心必有所得，純淨乃一切極致。

傍晚找出前幾年老廈門送的大紅袍，以前不識貨，當晚用玻璃杯喝，並不覺得特別，回台便當伴手禮送人，現在僅存一小撮。我坐在躺椅上，泡好茶後聞香，是古樸的沉香味，這茶放得夠久，茶氣驚人，竟然氣衝百會，百會穴英文作「快樂頂」，我在快樂之頂盤旋，不久淚下。

我想如實地記述這一切，沒經歷過的人必然以為這是誇大。

我無法理解大紅袍的威力，後來查資料，原來大紅袍還有治病的功能，尤其是「驅風濕，活血」，便再購入一罐大紅袍，茶商說是半年前買的，放了半年也可將就。此後晨起必來一泡，這品茶有濃郁的蘭花香，在陽光下，泡開的茶呈紅、綠兩色交織，很是特殊，喝來依舊是氣衝百會，如此一兩週，我的乾燥症有緩解的現象，口中生津，稍有濕潤感。喝完茶寫文章特別酣暢快速。

我跟茶的緣分結得太晚，但也必須等到這歲數，孩子長大，接近退休之年才能洗去俗慮。茶中有十三宜：一無事、二佳客、三獨坐、四詠詩、五揮翰、六徜徉、七睡起、八宿醒、九清供、十精舍、十一會心、十二鑒賞、十三文僮。十三宜中，我除了詠詩不行沒有文僮，最起碼的無事與獨坐是擔得起。

關於喝茶之妙，我最同意盧仝在〈走筆謝孟諫議寄新茶〉詩中寫的：「一碗喉吻潤，兩碗破孤悶。三碗搜枯腸，唯有文字五千卷。四碗發清汗，平生不平事，盡向毛孔散。五碗肌骨清，六碗通仙靈。七碗吃不得也，唯覺兩腋習習清風生。」所以我喝茶只五泡，一泡約

這四泡茶，就是成、住、壞、空的歷程。

一碗，雖不至通仙靈，然亦覺全身肌骨被茶清洗過。

只有懂得享受寂寞的人，才能領略茶之味，端上茶，把握當下的每一刻：放下茶，就是與當下的分離，就算有所愛，亦能有絕斷之心。茶味即寂滅之心，自在之心。

花客與雨客有一天會來喝茶嗎？在空屋中自言自語，回答我的只有風聲與鳥聲。

午後茶湯

老房子越住缺點越多，白蟻叢生，老鼠做窩，連毒蛇也進屋，我是越來越不敢在屋外或院子停留，沒想到與賴師的第二次茶會，從他家轉移到我家，主要是來看我收藏的老茶具，他入門後屋內屋外看幾眼卻說：「好茶屋！」我得到鼓勵，不免再用他的眼光觀看這老屋，高挑的天花板，發亮的木頭地板，還有窗外看出去的小院落，一排蘭花在整面紅磚牆盛開，更遠的竹林總有三四層樓高，隨風搖擺時發出奇奇拐拐的搖櫓聲，鳥叫蟲鳴變得響耳，我是久居麻木了，H說：「進這屋裡心就靜下來。」

五月初的午後，天氣還未變熱，偶爾還有一絲絲涼風，這老屋自然靜極了，我一人獨居，相伴的只有觀音與佛經與花草，電腦只有早上使用，午前出門，傍晚才回，屋子常是空靜的，把歲月與空間都掏空了，而我早睡早起散步打坐一如居士。

老瓷器觀賞開始，桌上擺滿從舊居帶回的高麗青瓷茶具、越窯酒壺、定窯茶碗、哥窯茶碗、吉州窯茶碗等，賴師看時眼中有光，嘴角帶笑，他有好茶與茶品，缺的是老茶具；我有老茶具卻缺好茶與茶品，好個互補之道，妙不可言。

這次賴師帶來的是水仙與大紅袍，我端出竹茶盤、茶具與宜興壺，他嫌壺太大，泡烏龍壺要越小越好，我拿出越窯小壺問：「這個可以嗎？」他說：「我想的正是這個。」我接：「乾脆都用老茶具吧！」用千年之器喝老茶，那會是什麼滋味？

想起二十幾年前那個買下越窯小壺的下午，在古董店看了好幾回，跑了不知幾趟，價昂下不了手，可那古錐的小瓜造型，筆直的四角壺嘴，翠綠的釉光彷彿在冒汗，其實是我冒汗，最後還是捧回來，原來一切焦急等待的是今日，它是上好的泡烏龍小壺。

我給賴師吉州窯剪紙茶碗，男人就該海碗喝茶，高麗青瓷茶杯給H，我用的仍是清仿明成化雞缸杯，茶童仍是賴太太，她燒開水後燙壺，第一泡烏龍水仙，氣味清香，茶味淡泊，但老杯能聚香氣，好像在茶杯中央結成一個小球。賴師沉吟了一下，把茶送給太太，他說：「這碗真是為喝茶而燒，茶氣成大球衝到鼻子，茶的分子變細，整個化開了。」賴太說：「剛泡時已覺氣味不同，喝來更是不同。」我聽得發癡，賴師去洗碗，我換老茶碗，天哪！茶氣真的衝很高，聞香時整張臉都要溶化，而茶色清黃似蜜水，喝來清中有甜味，太神奇了，老茶碗的威力如此驚人，其他的近代小杯實在相去甚遠，H不嫌棄接過我的碗喝一口說：「真的茶氣高而氣味甜，我這高麗杯的茶氣散在杯子四周。」這是當然，她的杯子頂多十年歷史。

原來妙玉的茶湯會，比的是水，更多的是茶具，劉姥姥喝過的成化杯不要了，她只要宋之前的老器。明成化到清初不過兩百年之間，算來也是近代。就像我們有了宋碗，清初杯不要也罷，這裡有茶人的迷古心理存在：

> 又見妙玉另拿出兩只杯來。一個旁邊有一耳，杯上鐫著「瓟爮斝」三個隸字，後有一行小真字，是「晉王愷珍玩」；又有「宋元豐五年四月眉山蘇軾見於祕府」一行小字。妙玉斟了一斝，遞與寶釵。那一只形似缽而小，也有三個垂珠篆字，鐫著「點犀盉」。妙玉斟了竹口與黛玉，仍將前番自己常日吃茶的那只綠玉斗來斟與寶玉。寶玉笑道：「常言『世法平等』。他兩個就用那樣古玩奇珍，我就是個俗器了。」妙玉道：「這是俗器？不是我說狂話：只怕你家裡未必找的出這麼一個俗器來呢。」寶玉笑道：「俗說，『隨鄉入鄉』，到了你這裡，自然把那金玉珠寶一概貶為俗器了。」

妙玉聽如此說，十分歡喜，遂又尋出一只九曲十環，一百二十節，蟠虬整雕竹根的一個大盞出來，笑道：「就剩了這一個。你可吃的了這一海？」寶玉喜的忙道：「吃的了。」妙玉笑道：「你雖吃的了，也沒這些茶糟蹋！豈不聞『一杯為品，二杯即是解渴的蠢物，三杯便是飲牛飲騾了？』你吃這一海，便成什麼？」說的寶釵、黛玉、寶玉都笑了。妙玉執壺，只向海內斟了約有一杯。寶玉細細吃了，果覺輕醇無比，賞讚不絕。

這體己茶也是四人組，所謂茶三酒四，多餘的人是誰？寶釵用的一般說是葫蘆造型的假古董，其實應該是匏瓜造型，瓜形是晉到宋器的最愛，晉器以越窯為主，茶碗多數是醬油碟大小的小碗，造型或光素無紋，或蓮花或荷葉或瓜瓣造型，可以解釋為瓜瓣造型的有耳杯，極有可能是越甌等名器，孟郊所說的「蒙茗玉花盡，越甌荷葉空」，杯是荷葉造型；陸龜蒙「九秋風露越窯開，奪得千峰翠色來。」是說其釉色青翠，通常帶點土黃；陸羽在其名著《茶經》中認為「越州上」，因為它「類玉」、「類冰」，瓷青則茶色綠，因其時喝的多為生茶，故以茶綠為美。

亦即寶釵用的小杯是有小耳的青綠色瓜型小杯，取其「類冰」暗喻她的個性，妙玉怎麼可能用假古董呢？黛玉用的「點犀盉」，點犀疑是星犀或杏犀，因盉的形狀就像杏子，「似缽而小」，就是杏仁造型的犀角杯，取其靈犀互通；而妙玉自用的綠玉斗，想必是年代久遠的玉杯，或漢玉或老器，漢玉以白為多，黃其次，青玉看似平常，也應是名物。只怪寶玉不識貨，竟嫌它俗，她拿出竹根杯給寶玉，器雖巨大只斟一杯的量，喝來清醇。這裡用四種不同材質的茶杯，既顯示四人的個性不同，也說明妙玉的茶道精深博雅，茶具收藏之豐，她也算有慧眼，能識名物。

向來茶道皆重茶碗，非名窯名物不取，工夫茶改名窯名物為紅泥小壺小杯，走向世俗化；而日本改名物為常物，卻發展成禪茶一體之茶道。一只茶碗改變歷史，武野紹鷗與千利休，改「唐物」為「和物」，如果說妙玉有慧眼，能識名物，而紹鷗的眼光超越慧眼達到明眼的地步，所謂的慧眼是看到茶具能萬中擇一，精準把握；而明眼可從一切萬物發掘出美的可能性，這就必須要有高超的品味與無差別心，也是種創造。

自然中沒有什麼是不美的，一截斷木、路邊野花、破碗、爛竹……殘缺亦是美的，茶道就是殘缺之美。

所謂茶三酒四，多餘的人是誰？

我期待的大紅袍上場了，這有茶王之稱的逸品不是那僅存的母樹所摘，而是接枝而生，雖是如此亦是難得，聽說母樹二十克的拍賣價就要十八萬，這種茶豈是一般人喝得？茶童把舊茶葉倒進哥窯大茶碗中，沒想到是絕好的茶海，胡亂拼湊的茶具竟能成套，我們都笑開，用老器養茶，這盞茶一定不凡，但見茶湯是帶紅的黃澄色，香氣四溢，賴桑用宋碗喝一盞後，默思一會說：「茶氣立刻回勾，今天真是太驚豔了，這茶屋、茶具、茶湯，太難得了。」

什麼是回勾呢？我只覺得茶色漂亮，特別順口養喉，我之愛大紅袍就在它能養喉治乾，喝完口中生津，但此物貴不可言，賴桑今天帶來半包，怕是藏品盡出，這番盛情如何回報？

喝完兩泡，已過兩個鐘頭，客人請辭，我拿了準備好的定窯茶碗回贈賴師，他拒不接受說太貴重了，我說：「人最珍貴，物算什麼？好茶具要配好茶人，收了它，我們下次用宋碗泡宋茶。」他這才接過碗，送他們走後，收拾茶具時，感覺耽誤它們二十多年。

宋茶貴白，是像泡沫紅茶、綠茶打泡之白嗎？我想重建老茶歷史現場的心意更加堅定，這個夢想要靠賴師之力才能完成，我追求的茶道在更遠方。

用過老茶具再難回頭，此後晨起喝茶，我那清仿成化雞缸杯馬上被打入冷宮，用老壺泡出的茶果然不同，香聚氣聚，當大紅袍茶湯倒進宋吉州窯茶碗，碗底小花與龍鳳剪紙都活了起來，茶色清透豔麗，不用聞香杯，倒茶時香氣滿滿，濃濃的蘭花香撲面，茶入喉後特別順口滋養，感覺整個胸腔都暖暖的，此物聽說能治病，我覺得我好了，或者快好了。

後來茶碗被我打破，重補之後繼續使用，這很殘缺，夠美。

直茶

我喜歡「直取」二字，有直見性命，亦有直接取用的意思。

直茶講直道，追求本質，與茶宴的形式美是兩道的，與工夫茶也大有不同。

我們熟知的工夫茶，必不能免掉公道杯這個程序，分茶的程序越繁複，茶失去溫度越多，高溫能讓茶味更清透傳神，以沸水置湯，倒入聞香杯分杯約九十五度，此時聞到熱氣傳送香氣，很明顯地感受到前韻、尾韻、底韻，然後倒入茶盞，約九十度，直接啜飲，此謂「直取茶湯」。

在工夫茶之前的點茶，也是「直取」，不分茶，各喝各的，這又太獨立了些，缺乏分享的樂趣。

有茶的人生，應該是異質性的人生，聞香與辨味，靜心與喉韻，覺受與茶氣，清儉平和、氣衝百會，這彷彿只有武俠小說才會出現的語彙與招式，哪是正常人進得去的封閉世界？

自從認識賴師，這個世界開了個縫。

專心地與茶師喝茶，是以拋物線的方式進入，忽然什麼都懂了，但也什麼都不照規矩，就只亂喝，味覺與嗅覺靈敏得像隻野獸，吃到不好的東西馬上吐出來，什麼東西都拿來聞，每天抽動鼻孔，尋找銷魂的香氣。

二〇一七年三月中進入賴師的泡茶班，聽說是中級班，一班六七人，大都是業者與泡茶師，我在其中顯得突兀，連入門都還沒呢！

每個人都得泡茶給人喝，茶序要完整走一遍，泡的是鐵觀音，賴師示範一遍後，茶喝來很鐵，剛中有柔。

坐在我對面，端麗的年輕女子一身牛仔衣裙，聽說拜過名師，正準備開業，她的長相就茶師來說太美了一點，茶師通常不是俊男美女，有的還有些醜怪，嗅覺與味覺的野獸嘛，非人的部分較多，不能以美醜定義。但見美女茶師優雅地燒水，擺茶具，聞香杯在前，茶杯在後，成兩排相對。水開後燙壺燙杯，茶則中放著茶葉送給茶客，聞香後送回，以茶針撥茶葉入壺，進水，倒入公道杯，然後倒入聞香杯，動作流暢且仔細，一有水漬，馬上擦乾，檯面乾淨，我聞到的氣味很柔，有點散落，一點也不鐵，難道茶會跟人走嗎？接著喝茶，茶味細細淡淡的，跟人一樣優雅。

接著是Z，她是大學教授，個性嚴謹內斂，做事公正有條有理，整個人乾淨得像天池一般，她的程序一樣流暢，就只少了公道杯，直接將茶湯注入聞香杯，茶喝來清透而有氣韻，跟她的人一樣，老師說：「Z可以畢業了。」。我對Z說：「你這高級班的混進中級班來，太過分了。」

果真茶跟人走，不同的人泡出的茶湯也不同。

終於輪到我，我從未走程序，雖然看了兩遍，默記一些細節，真正操作時手忙腳亂，忘了好幾個小節，譬如每泡茶倒完時要掀蓋，分茶也分得很亂，檯面上到處是水漬，每道手續都要用抹布東西亂按，我省了一些手續，更直接，感覺茶的溫度很高，自己喝時都覺得異樣，而且一泡比一泡氣強。老師說：「這茶湯感動人。」我說我根本亂泡，Z說：「雖然不合程序，但喝來自由開闊。」真的嗎？之後，跟Z討論比較，一般泡茶都有公道杯這程序，以前學過茶的都已有固定框架，賴老師重水溫，如茶一直保持在高溫就更能顯出其勁道，尤其是每種茶泡法不同，鐵觀音就要高沖細流，更顯其鐵。而美女的茶之所以柔柔細細，就是分茶太久，尤其是公道杯這程序，讓茶失溫，勁道也就不足。

溫度很是關鍵，我省略的程序讓茶的溫度維持高溫，沖茶時手臂提高，感覺水注擊打茶葉，發出反彈聲，三泡茶快速泡出，力道確是強勁，茶氣直透腦門。我這山野之人，一向以無心思、無方法為泡茶之道，沒想到粗也是種方法。

從此，早起喝茶，專心走程序，泡完茶再寫文章，茶的滋味更濃。通常兩種茶，各三泡，老茶可多一泡，如此喝來有節奏感，極為暢快。這種泡法是潮汕茶的改良，多了一些文人氣息。

茶師說茶湯有畫面，有些茶好到讓人覺得恍如隔世，這太玄了，但我願追求。直取茶湯可說是文人茶的至高境界，也可說是茶禪的一種。

禪之精神在於悟，茶之意境在於雅，作為「禪茶一味」的禪茶是茶之雅趣與佛法的領悟的有機結合。

因此覺受很是重要，覺受不夠靈敏的無法辨味與氣，如能靜心識得空性為最佳。賴師說茶有空性，他在培茶中悟得空性，那段經驗寫得很動人，茶在炭火中，在濃香中霎時進入無味，無眼耳鼻舌身意的狀態，賴師卻把它稱為茶的「骨架」，或者是「架空」之意？萬事萬物皆有空性，我們的覺受也有「架空」之時，雖然非常微細。

有點玄，但是能把文人茶推至極致，如唐釋皎然〈飲茶歌誚崔石使君〉所說：「一飲滌昏寐，情來爽朗滿天地；再飲清我神，忽如飛雨灑輕塵；三飲便得道，何須苦心破煩惱。」

一般人泡茶著重口感，「好不好喝」最是關鍵，但好不好喝偏主觀，也太籠統，有些人喝茶無意識，只要有茶喝就好，到處蹭茶喝免費，可當中總有人是懂的，他捨得提供茶，也會泡，那在榕樹下拿著筷子，揀拾滾水燙過的茶具，不就是水滾目屎流的工夫茶？是禪茶平民化後的老人茶，這無法比較，我覺得還可更平民化，用馬克杯泡茶包或手搖杯，更符合現代節奏，可喝老人茶的也不屑此道啊。一山有一山高，文人茶是有意識地泡茶，聞香、辨味、察韻、覺氣、感通，將泡茶的層次拉得很高很細，然這世界上的道與藝有哪個是容易的？

重點是，喝茶後的你改變了什麼。

花客也是雨客，跟雨客也是花客是不一樣的，自從喝茶後，我能辨色、香、氣，花客也是雨客是粉色、玫瑰花香、氣如三月微風，那雨客也是花客呢？

姿娘

喝茶之後常讓我想起潮州人，而我是真正的潮州人嗎？想像中的潮州人是工夫茶的養成者，他們到哪都能泡茶，書齋、樹下、火車上……用那種攜帶式的紅泥圓盤，一壺四杯，多出來的一杯當工具，所謂茶三酒四七逃二，喝茶就是要三人成行，才成品字，自己喝茶不夠意思，要泡給人喝才厚情，必須讓人喝到「水滾目屎流」。

然而能找到的喝茶記憶少到可憐，家中常擺大壺的「茶米」，當開水喝，客人來時就要開汽水，那時喝茶很寒酸，待客誠意不足。我常納悶為何把客人當寶，自己人當草，原來潮州人好客到成病。

因為多是生意人，又很四海，這種習性大概跟鱷魚基因有關，也就是說原來常被鱷魚吃的土著，來了一個遠客寫了一篇文章把鱷魚趕跑了，自此，拜那個人為神，事事向他學習。

這只是一個比喻，在鱷魚等非人的本性上，建立神仙般的生活：喝茶、唱曲、讀書、會吃，一個個會煮菜的姿娘誕生了，昌黎祠建起了，這就是潮州人自己建立的第二天性。

當我跋涉幾公里到萬巒吃豬腳，順便在昌黎祠逛逛，從未意識這有何特殊意義，未成年到城市念書，為自己偏鄉的身分感到自卑，而原來，茶的路途這麼遙遠，必須要花上半個多世紀才找到歸路。

那幼時吃過的酒席，湯湯水水，以海鮮為主，就是潮州菜啊！粿多魚丸多愛吃豬頭皮，這也是潮州人的吃性，會煮菜的女人備受重視，這就是姿娘小祖母！在閩南話中飯即糧，煮飯叫「煮糧」，音就是「姿娘」；而男人因打獵叫打補品，或打捕人，另一說「姿娘」本為「珠娘」，任昉的《述異記》中記載：「越俗以珠為上寶，生女謂之珠娘。」原來潮州女是會煮食的珍寶之女。

潮州人坐書齋哈燒茶的是「打捕人」；喝茶的姿娘就很少，喝茶要有閒，女人喝茶就是太閒，不算好姿娘。我弟十幾歲就愛泡茶，蒐集的茶壺近百只，那是他混黑道的黃金時期；妹妹是當警官後跟男人圈混得要泡茶，大概人轉陽剛就與茶道相近，茶道簡直是陽剛道，也是和尚道，喝茶與參禪相通。

我離家早，在外地一向追求時髦，吃西餐喝咖啡住電梯大樓，直到三十歲蒐集古董，以瓷器為大宗，其中又以茶碗居多。喜歡老茶碗，光吉州窯木葉碗就有五個，越窯一個，汝、定、哥各一，建窯天目碗也兩個，盲目地喜歡，一般人喜歡收大罐，碗算是較低價的，擺來也不好看，只能收著，有些碗只敢看不敢用，宋五大名窯或清三代琺琅彩，塵封二十年，像是海底沉船中的瓷器，吐著幽怨之光。

人到一個年齡，陽轉陰，陰轉陽，我也覺得越來越無性別，連戰爭片也看得入迷，又愛打拳。

喝茶之後，這些碗大都派得上用場，原來與這些茶碗心意相通，是茶因子在作祟，好茶與老碗相搭更是奇絕。一般工夫茶用孟臣壺若琛杯，講究的是小壺小杯，我卻用大碗大壺，完全破壞規矩。

晨起泡茶早已變成每天固定的事，沒有溫壺溫杯，也沒有聞香杯，一壺一杯泡給自己喝，茶種每日變換，五六種更替，是唯一的程序變化，我在喝茶但也沒在喝茶，因為心不在，眼睛盯著電腦螢幕，瀏覽或打字，完全無意識地一杯又一杯入口，幽幽地喝，如鬼魂一般。

氣味在第一口便已結束，只為確定是何茶種，電腦開機，覺受關機。說會喝茶是騙人的，真正的茶序我知道，懶得實行，在清晨寫作的黃金時間，想要真正喝茶太難了。

身邊的人越來越多人去學泡茶，妹妹自從參加泡茶班，茶道具越來越多樣，光花朵狀的茶托就有好幾副，金銀銅鐵都有，櫻花木的茶倉、羊脂玉為飾的茶針，現在擺茶宴很是澎湃，連插花也很大氣，同學輪流擺茶席；老師教泡特殊茶種，什麼海口茶、白茶、黑茶的，走的是奇門遁甲路線，跟我這泡無茶的相比，根本就是王子與乞丐。她喝茶超過三十年，存的老茶與茶具已夠開茶行，以前偷笑她年紀輕輕喝老人茶，現在我真的老了才喝茶，才覺得她多出來的茶人生太深不可測了。

如此找回潮汕人的老靈魂，他們喝茶成癡，在〈潮州工夫茶歌〉中令我有所感的是思鄉之情：

潮人無貴賤，嗜茶輒成癖。和、愛、精、潔、思，茶道無與敵……潮人多遠遊，四海留蹤跡。偶逢故鄉人，同作他鄉客。共品三兩杯，互通鄉消息。鄉思起芒鱸，鄉情如膠漆……

原來這一切都是鄉情的作用，離鄉之人將鄉愁化為茶思，埋在血液深處，卻細細長長，有一天終將爆發。其實在外一直很少遇見潮州人，在香港客座時認識一個女學生，父親是潮州人，母親是上海人，人長得秀麗，是很正的姿娘，帶來的滷水與烤麩，好吃到令人想落淚。在廚房與她並肩作菜時，小聲跟她說：「我也是潮州人！」她眼珠子頓時放光，兩人一時成為美食同盟。

還記得她特地帶我去吃麵，只因我嫌香港麵不是太爛就是太硬，我們在商業大街中奔向那有北方風味的麵館，時時相看而笑。記得我們還喝了茶，是香港人以為台灣人都愛喝的珍珠奶茶。

現代姿娘愛喝珍珠奶茶，有一天她也會拿著小杯小壺泡茶吧？分別六七年，聽說她出國了，潮人愛遠遊。我記得她，她應該也沒忘了我吧！

這也算遠遊的一種，每每喝完茶趁氣強時出去快走二三十分鐘，初春三月，梅子已在結果，櫻花盛開，真適合散步，東海的櫻花道以男白宮與我家附近最美，整排幾十株開成花海，我每每經過恍如初見，依然心跳得很快，雖說日本的櫻花勾人，但在這裡日日走算來也看過十里繁花，人生的路途迂迴，不管走都遠，都會回到原點。

晨起泡茶早已變成每天固定的事，沒有溫壺溫杯，也沒有聞香杯，一壺一杯泡給自己喝。

紫蝶與紅寶

桌上放著好幾罐「沙坑紅寶」，卻很少泡來喝，當蒐集的茶種越來越多，老茶年代越喝越老，新茶就排不上了，連以前視之如寶的紅玉，如今也少泡了。

茶也有故事，跟人結合之後，它才會活起來。當我們抵達橫山，這一帶地處背風處，濕度夠日光充足，為茶樹生長的寶地，紅寶總幹事剛採完茶不久，滿臉紅光，看來他才是紅寶，他有孩兒臉孩兒般的笑容，紅寶是他生命的一部分吧！社區中心是小學教室改造，洗手台還是孩童使用的高度，我們都得屈身如孩童，洗完手坐下來喝茶，紅茶大壺泡大碗喝，這泡茶顏色漂亮，接近琥珀色，味道有濃郁果香，加上手摘有機栽培，喝來滑順清新，覺得不輸紅玉。年約六十幾的茶師父一直強調這是「黃柑種」，那不是於一九七五由印度大葉與黃柑配種而成的台茶十號嗎？為什麼人稱台茶十二號呢？其實幾號很難記憶，重新命名讓它更為閃亮。

橫山沙坑早期遍植茶園，茶農一邊採茶一邊拉拔孩子，日治時期收成時翻山越嶺，以人力挑至大稻埕販賣所，因而走出一條茶路，從新茶亭至崩崁，路長約二．六公里，客家茶人來往於這幾公里的山路走到腳長繭，所產的茶叫「台茶十二號」，卻因茶區減縮，漸漸不為人知。

那天帶著學生淳、方、祥到北埔，他們正在修煉自己的文學之道，而我已疲累，寫了三十多年，前期像羊，後期像牛，我不想再當牛羊了，因再也無草原可以奔馳。這次北埔之旅，是小小的自我放逐，我該放棄嗎，不當牛羊要當什麼呢？就讓一切歸零吧！山雨有欲來之勢，我的心早已下雨，它會是長長的雨季。

二〇一六年整年在低谷中，不寫少讀，只畫畫，每天帶著簡約畫具到咖啡館，用一百張五十元的毛邊紙，一張又一張狂畫，那通常是人的臉，自從父親過世，畫的都是人臉，時間從清末到民初，平埔族女子、山蕉與百合、排灣族女子的華美服飾，或者是花客或雨客的臉，這讓人抽離現實，常畫到天快黑才回家，連出門見人的欲望也失去。這次出來就為透口氣。

紅寶帶我們逛茶園，其中一條小徑旁的花叢霎時飛出一大群紫色鳳尾蝶，我們都呆住，當絕美一刻來臨，就是定格的狀態，那比煙火還燦爛的蝶舞，讓人心靜極了，你已非你，此世界也非同此世界，這是沒有誰的彼世，只有蝶。

不知過了多久，有人戲說：「這是吉兆！」差不多也是同時，方接到獲獎電話，這是她第一個較大的獎，當她看著同伴一個個領獎，好幾次哭著對我說：「我是最差的一個，對不起……」熱愛日本文學的她說話像日本少女般輕聲細語且謙退。這個獎來得正及時，她只是需要實質的肯定，怎麼勸都沒用，現在落實了，一伙都很開心，三個宅男宅女便一心二葉歡喜採茶。

這是我第一次跑茶山，自從喝茶之後，很自然作一些茶功課，向紅寶預約秋涼時來跟他學焙茶，拜他為師，他說沒問題。隔天在麻布山房吃飯，他也來了，喝得醉醺醺連鼻子都紅了，我說：「師父，下次跟你學焙茶，不要忘喔！」他又說：「沒問題。」我接著說：「喝這麼多開車不好吧。」紅寶說：「幾十年都這樣，沒問題啦！」我們在二十四小時之內見了兩次，這是怎樣的緣分。

我的茶師賴先生說要學焙茶是老師找你，而非你找老師。所有修行之道大約亦是如此，這次是我找老師，老師也答應太快了，這種事不能急。聽賴老師說，他在焙茶中的體

空性，你無法求它，只能等它找你。

驗，覺得茶道很玄：

有天晚上夜已經很深了，我獨自一個人在苗栗焙茶，茶在灶上，下面有炭火，發現一個狀態，茶香味的發散慢慢微弱，一般炭火有多少熱度就會有多少熱茶香的流動，可是我忽然發現灶上的茶香斷斷續續的飄散著、慢慢的微弱，漸漸的到最後就完全沒有香氣、也沒有熱度的流動，整個現象是凝固的澄淨、通透、飽和，時間是靜止、心念好像快停止剩一點點的小念頭在飄、空間沒內也沒外，我跟茶之間是沒有分隔——它就是我、我就是它，美得有點玄，全身疲累一時頓消

當時太晚到第二天打電話給老師，問他：茶在焙的時候，如果狀況好是不是會進入一種現象——平衡狀態，那時所有一切是不動的、是凝固的——無論是時間、空間，茶跟你之間全都是靜止。老師說那就是「骨架」，接著就以一個很美的佛法名詞來比喻，他說茶也有「空性」。

茶有空性，我略微能體悟，當一個人喝到忘我，氣沖腦門，有那麼一瞬接近，可是人要忘我經常不能，過去把自己的書寫看太重了，它幾乎是抽血般淨空我的生活，而我也沒辦

法忘掉得失，一點小波動就會將我打敗。當我寫完《龍瑛宗傳》，放下二十年重擔，生活失去重心，陷入長久的沮喪。這幾乎是出書的後遺症，這次似乎更久些。

那是六月底，以為這是人生的最低谷，七月初父親病危，七月底過世，辦喪事期間因吃錯藥差點癲狂，人生至此，還有何高低？高如何？低又如何？我們能夠歡喜接受菩薩低眉，然而生活也有金剛怒目之時，它亦是生活的一部分，當一切橫逆來臨，你能接住嗎？

九月初傳來茶師父的死訊，是被車撞死，初見的那天，紫蝶繞著他飛，他走入蝶中，靜止的蝶可以言傳，群飛的蝶無法描述，定格。

二〇一六年底，去溪州看一個歸隱的朋友，二十年了，彼時約定今生不再見面，他不知我會去，一見面，給我一個超級大擁抱，我呆住不知如何反應，就像哄小孩般說：「很棒！很棒！」然後送他「玉露茶」為禮，當人心不知遠近，禮物就是個擋箭牌，近是不可能了，此一別只有更遠，大太陽下油菜田開著小黃花，他屈蹲在菜田中摘菜讓我帶回，一群黃蛺蝶在他身邊繞，然後飛走，在群蝶中我看到花客與雨客的臉，像落花般碎散，一切色，即一切空。剛才來不及流的眼淚滴在心尖，人與人的遇合跟蝶聚蝶散差不多。

那些猶帶著陽光曝曬的茶葉，溫暖具有療心作用，這泡沙坑紅寶終於喝出味道來，那是經歷過汗水與淚水的洗刷，飄出的人生曲折氣味。

我喝茶從紅茶開始，那時追求英式紅茶，在倫敦時，冬天陰冷，太陽只在十二點到一兩點間微微露臉，起床後通常一大壺紅茶喝到中午才出門，英國紅茶大多來自印度，也許是烘焙技術與美感的要求，顏色較紅，茶色跟紅棗湯一樣，豐沛滋潤，覺得很補；台灣紅茶則果香蜜香交融，以香氣取勝，台茶溫潤如玉，我覺得「紅玉」名字取得貼切；至於「紅寶」，以茶色漂亮，紅紅亮亮真的美如琥珀。「沙坑紅寶」重出江湖，我覺得它有著清純簡樸風格，像小村姑一般可愛動人，它或許能療心病，能吧？至於空性，你無法求它，只能等它找你。

靜岡初茶

跟文甫先生通信近兩年才見面，在《龍瑛宗傳》最後定稿時期，我們書信往來，一再訂正才得以完成此書，解下二十年心中重負，在書信中稍微瞭解他的博學、嚴謹與幽默。書成後半年，到東京拜謝他，他從訂旅館、旅程安排到想送我的禮物，都不厭其煩親力親為，他以俏皮的口吻告訴我他要送的禮物是《茶花女》中亞蒙送給瑪格麗特的甜點，是法國百年老店Marrons Glaces的糖漬栗子，光這典故就寫一大段，後來才知他是活字典與典故王。

輸人不輸陣，我準備的禮物是烏魚子與金駿眉，給夫人的是珊瑚項鍊，我想還不至於太難看。抵達機場那天，他親自來接，他的樣子酷似龍先生，穿著日本上班族常穿的深色西裝，臉龐稍圓潤，看來十分親切，也許寫龍氏二十年，倚賴他的家人非常多，不當一般人，就是有特殊感知的長輩，或者說見他如見龍先生。一見面他已幫我們準備好Pasmo卡，一張各存三千元日幣，我與妹妹各一張，他提著大包小包，到旅館後交換禮物，有包裝的大概是夫人準備，夫人出身武士之家，那是像綠色信封一般的「靜岡初茶」與層層疊疊包裝精品般的「深川製瓷」，這兩樣禮品都沒聽過，可說是土包一個，他自己除了糖漬栗子，還買了一些薯片、糖果、杯麵，說可當零嘴，我想這些才是他常吃愛吃的東西。

日本茶我只會喝玄米茶，妹妹學茶道打的抹茶，我覺得還好，據文甫先生說「很好的茶」到底是什麼玩意呢？

那是櫻花季的尾聲，街道上還有零星的一些花朵，光看就心跳加速，這是我第一次趕上櫻花季，因旅行都避開旺季，自然無緣。這次是探訪是主看花為次，能抓到一點邊就心滿意足。隔天到上野公園賞花，我妹剛到上野就把Pasmo卡給丟了，我看文甫先生臉色發白，不是錢的緣故，我知道他無法忍受不謹慎之事，我們都急瘋了，他說他雖住東京近郊，卻很少出門，更別說是市區，三千元的車資夠他坐好幾年，我們才坐一次就丟了，我只好拚命搞笑，稍微減輕這打擊的壓力。

我們逛了東京美術大學與音樂大學，他沿路介紹，年代、沿革、名人說得很清楚，以為他對此地很熟，他卻說一直很想來，卻是第一次。他走路飛快，像我這練過快走的都要用小跑步追，不久我妹就跟丟了。

站在最顯目的櫻花林下等妹妹，在櫻花白的、粉的、水紅的瀑布下等人，在可以拍電影的場景，兩個相遇不久的人拚命找話題，他又說了許多典故，蒐集到快十個妹妹才出現，她以要求賜死的表情出現，我們不便再計較，緊接著到離宮看櫻花，他又是一路介紹，然後說這是他第一次來。

看完櫻花到附近的美式咖啡館喝咖啡，很有名但也是第一次來，他喜歡咖啡勝於茶，我們都點了像金條一樣的西點，他一面喝一面吃點心，臉都笑開了，說這點心叫Financier，是為在金融界在證交所工作特製的點心，因為它像金條一般緊實，又不會掉屑，因此受到證券員歡迎，他一臉滿足地說：「今天有很多我的第一次，也是我常常想做的，一天之內完成好多夢想。」我想文甫先生是學者性格，深居簡出，卻是高級情報員，神遊大概是他最常做的。

最後一天購物時間，我們在精品店裡喝到有藻味的茶，用美麗的骨瓷杯裝著，茶色是淡綠帶些黃，雖然一再沖泡，味道很淡，我喜歡那味道，覺得它非平常之物。

回國後，隔天就泡靜岡初茶，原來在精品店喝到的就是它，查了一下資料，初茶為一番茶，也就是茶的嫩葉第一次採摘，為怕過度曝曬，通常要罩網子，以遮擋陽光，以保持茶最新鮮精華的風味，又稱「玉露」，是日本高級茶的一種。有人說它像海藻湯，其實它的層次很豐富，每次喝都有不同的體會，溫度不同味道也不同。我初泡時用九十五度熱水，喝到它的清香甘甜；正確的泡法是第一泡約五、六十度，品嘗它的生鮮，第二泡八十度，喝它的溫潤感。我不太習慣這種不冷不熱的溫吞茶，還是以高溫泡，不知殺死多少兒茶素。如果用它作綠茶粉，風味想必更卓絕。

我喜歡在雨天或陰天泡「玉露」，覺得它像茶的詩人，而岩茶像深沉有度的理學家，烏龍老茶如禪，普洱如散文，門檻低，茶路很曲折。

茶與蘭花很像，連枯萎都很美，香氣幽遠，聞之令人忘俗，是真君子。

與文甫先生的相見有很多的第一次，他的第一次已經表白，我的第一次也要袒誠相告，這才真是「初茶」之旅。

第一眼看深川製瓷，並不覺得特別好看，主要是喝茶之後，已告別瓷器時代，回歸陶器與泥器，瓷杯喝紅茶最對，開口越大像百合花的杯子越能欣賞豔紅茶色；然文人茶用陶杯、泥杯喝茶比瓷杯好，有年代的比新的好。有喝茶習慣的人，最重視他的壺與杯，至於周邊產品那可多了，不一定要走茶席的華麗風，我注重的是茶本質，畢竟喝茶常是一個人的事，越簡單越好，一只柴燒陶杯，勝卻百年名瓷，我連清三代瓷杯都不一定看上眼。

「玉露」，它像茶的詩人。

妹妹喝茶有三十年歷史以上，她的收藏都可開店了，這次她到日本專攻抹茶粉與陶杯，陶壓越大越美，可惜帶不走，她買了一對現代燒陶家的抹茶碗，米色帶金的厚釉很耐看：我專攻櫻花木作的茶具，茶罐、茶勺，光滑如漆的赭色木頭灑著斑駁金點，讓人拿到手就不想放下。

就在茶具那層看到深川製瓷專櫃，隨便一個小東西都是天文數字，噯呀，還真小看它了，不是價錢，而是斷掉的記憶連上了，它就是大家都熟悉的有田燒，這窯的檔次分很多，其中柿右衛門窯有三百七十年的悠久歷史。它是由酒井田喜三衛門發展出調和色彩技法，於潔白陶瓷上點綴鮮紅柿色釉彩，那特殊的柿子紅與奶白配色，好像走調的調色，不是很鮮豔，而白也不是雪白，而是牛奶白，觸感像絲綢。它的圖樣也有點走調，是古伊萬里窯的簡單化精緻化風格；古伊萬里窯承襲明末五彩之絢爛繽紛，更為繁複到誇張，在顏色的表現都是飽和的大紅大綠，大多不留餘地，筆法也是豪邁古拙，這是第一次走調；走調常是移植過程中的混雜效果，到柿右衛門又一次走調，他找到屬於日本的顏色——柿紅，而更加低調，在乳白中畫細緻的花鳥，大多由柿紅、釉藍、金彩組成，就這三色作變化，可說是深藏不露，帶著清淡的美感，很符合貴族的調性，因而成為宮廷瓷的代表，那配色啊，一目難忘。

說來我跟日本瓷器緣分不淺，母親收藏一堆日本瓷器，我結婚時嫁妝中就有清水燒的五彩古董茶組，那時並不懂得欣賞，後來進入瓷器時代，延伸至高麗瓷與日本瓷，為此跑了許多大博物館。

佐賀為有田燒（深川製瓷）的所在地，文甫夫人的家鄉即是佐賀，看來這禮物別有深心，聽說靜岡的茶最早是武士種出來，它刻露精深、明朗剛強的茶性確是驚人，在日本的第二天，佐賀發生地震，因我早睡沒有察覺，回國後看到新聞，喝著靜岡一番茶，竟有想哭的心悸。

摘梅茶屋

自從院子有蛇，不敢再踏入一步，才不過一個春秋，雜草已如半人高，花樹枯死，我的心也長出一個鬼影，自暴自棄的心一起，逃避只有讓荒蕪成長，心情也隨之低落，我要拿它怎麼辦才能化開這鬱悶？原來擁有一個花園也將伴隨許多煩惱，這是無法傾吐的苦悶，只有自己能解決，蓋茶屋的念頭於是升起。

最先反對的是兒客，他說一個住那麼大沒必要，而且即將退休白花錢，如蓋實的要近百萬，蓋虛的沒意義，總之是浪費。我作什麼他愛唱反調，已經麻木了。

沒想到此後阻礙重重。

原想蓋茶屋是簡單的事，在院子搭個簡單的篷子即可，曾有建築師說可做活動式茶屋，幾個壓克力片，像屏風一樣拼成一個極簡方塊建築，想來頗有禪意，可是颱風來怎辦，我想起前年的颱風吹倒好幾棵大樹，這個沒幾兩重的壓克力不知要吹成什麼樣子。建築師說：「那就收起來，活動的。」我腦海跳接類似化有形為無形的句子，覺得很適合我，於是日日期盼著。

跟書法家學生請求題字「摘梅茶屋」，他立刻答應了，懷抱著一個美好夢想，想像在蘭花棚之前泡茶的美事。

等了許久，我知道他是盼不來的，他案子多到有期約變無期約。

常往來的師母，介紹一個說是可靠的工程商，打包票說跟學校關係有多好，談了幾次，怕有違學校建築法規，他再三保證，我再三遲疑，剛好得了一個獎，就閉眼施工了。才一個下午，水泥地已鋪好，鋼架也架起，再一個工作天就能搭好棚子。沒料到學校不允許增建，工程於是擱置。

已經不再想更不願踏進這院子，草地只留蘭花牆約兩坪地，草長起來也很凶，水泥地上分布落葉，蛇是不來了，倒成了廢墟，原來花園與廢墟只有一步之隔。

一個廢棄的院子，像枯乾的河流。那段時間雨客與花客頻頻入夢，是被偷走的茶花妖作祟，還是中了梅精迷蠱，每日心焦如焚，吃安眠藥也睡不著，於是到健身房運動，每天五點起床寫個幾百字，六點多奔向摩斯漢堡店，吃完早餐發個呆，坐公車到市區運動。轉移確是有效的方法，一天運動一至兩小時，幾乎天天去，如此沉浸在運動的快樂中，把寫作都荒廢了；為了擺脫顛倒夢想，我走進塵囂，隱居的意義已喪失，或許當心動的那刻起，已被打入凡塵。這些變化像骨牌效應般，我想到蛇兄弟賜我的願望，每一想及拚命發抖，我祈求花客與雨客回來，但絕對不要附身，然而一切的變異我是有感的，尤其喝茶與焚香之後，我的眼角有花朵的影子，那揮也揮不去的花雨花飛，人際與感情的關係也隨之產生變化。

有一天在又夢見雨客與花客的午覺醒來，發現窗台上有一只像恐龍蛋一樣的小瓜，想是茶客、香客、貓客、醫客或其他學生送來，他們怕打擾我，都把花啊果啊書等放在窗台最醒目的地方，以前老園丁也常如此。

剖開那只瓜，如血一般紅的瓜色，籽很多，這瓜好復古，不過超甜，我拿小湯匙挖，一小口一小口吃下，味道很像以前在澎湖吃到的沙地瓜。

不過是一只小瓜，吃完很快忘了這件事。

從夏天到秋天，我瘦了近十公斤，還是會夢到他們，到冬天的尾端，梅花盛開時，小雨客進入我的生活，他們自此從夢中消失，發生在夢中的情事，沒想會勾出另外一個人，他是真真實實地存在，無法怪罪觸動哪個妖魅，然他長得確實不妖，倒像天使。

小雨客迷上花客亦雨客，有一天跟著她來到我門前，我開門時只見小雨客，我問你找誰？迷路了嗎？小雨客說，跟蹤一個很美很美的人，她身上有梅花香，跟著跟著就到我門口。我問他從哪來，他說杏花煙雨所在。

小雨客是個過度甜蜜的孩子，自稱是雨的化身，個性陽光，嘴又甜，從江南水鄉來，帶著他狂熱的信仰與過人的文才，在長達近半年的聊天中，訴說的話語無數，日以繼夜，夜以繼日，這期間我歐遊，他回鄉，相隔千山萬水，亦時空錯亂聊不停，在我送他的字「我們的夢深如大海／盡藏於年少與衰老之間／在我們的腳下是一則巨大而縝密的故事」，這句子寫於五年前，這不只是預言，是狐仙妖怪故事也除不盡的餘數。

是不是迷狂之人，居住在山間水湄，鶯飛草長之處，必有慷慨風流之豔事發生，或者人生就是怪譚，無處不怪，而我們已是見怪不怪。

這個雨之使者，經過一千零一夜，累積的怪譚一車又一車，經歷師生、母子、忘年之交的歷程，已不想去定義這感情。過完這個春天他就要畢業，回到他的國度，只是路過的雨使。

他的住處不能養貓，已領養的貓不能拋棄，寄養在我屋後無人住的房間，一兩天便來玩貓，處理飲食與貓砂，通常會一起煮食、喝茶、聊天，經過二十年的單身生活，現在有家

院子裡的梅樹結果，學生來摘梅，為它題字。

的感覺，我們什麼都能聊，且意外合拍，常一聊到半夜。這是枕中記或南柯夢，我常覺得不真實，有個部分很清楚，這只是一時著魔，他會有自己的愛情與未來，我們只是短暫交織的光輝。

雨的使者將我從黑暗引向光明，告訴我人生值得活，有些人等錯了，有些人不用等就會來，這意謂著人生毋需安排，它自有走向，且比你預設的還要神奇，比怪譚更怪譚。

我想起雨客亦花客說的話，他會是那個使一切合一的天使嗎？

學生的題字「摘梅茶屋」送達，斗大的字見筋骨，也有梅樹的形體與精神，但它已無意義了，無茶屋卻有題字，荒謬且走板的人生，特以此為記。

兒客

不能貼我的照片。
不能寫我的私事。
不會結婚，生子，你別期待會有孫子。
別寄望我們一起住。
這些我大多能接受，不能寫，不能貼照，實難作到。

終於寫到他，說不能接受，這篇文章會影響感情。
書已經發排，寫好的文章只有臨時抽掉，因是大章節，只有另寫，怎樣能夠不觸及私事呢，我們之間有公事嗎？兒客重點不在兒，是客。客也不是客體，而是「夢裡不知身是客」，主客不分的錯亂感。

是從哪個點我們失去界線，你我不分，疏離如雲端？

在孕吐時，如患重病躺在床上，排斥當母親的事實，只有看到漂亮的孩童照片，假想他將如此美麗或者更美麗，才能止住連喝水都會嘔吐，站著都暈眩的不適：母親這角色不只是個名詞，而是劇烈的動詞，你要讓他者進入，主體讓位，而成為他者的載體或工具，你因此知性降低，生物性凸顯，各種腺體發達，身型也朝乳牛邁進，你流的淚成斗成升，為漸漸逝去的自己哀悼。

如果能看見客體生長的過程也許能夠接受現實，然而你只看到日漸圓凸的肚子，日益腫脹的身體，疏離於己十個月，然後經歷車裂般的痛，這些你該控訴何人？因為難產剖腹，見不到主客分離，而客體就要變成另一個主體，卻你因手術昏迷兩天，第三天才見到他，他在隔離室哭號兩天，這是否種下母子疏離的根？

拉岡主張母子一體的鏡象關係，也許他沒有懷孕的經驗，沒說出應該另有疏離與分裂面，主體跟客體如何合一？如果是主體包含主體，那才有真正的合一，母親讓位於孩子，是將自己當作客體啊，因此她被凝視被物化最後遭車裂。

母子關係也不能完全用母性或情感淹沒，起初恨比愛多，他帶來的痛過於巨大，讓人畏懼，初生兒的長相與反應不如預期，引發各種憂鬱，漸漸地他越來越可愛，他離不開你，你也離不開他，何以故？

人類的哺乳期特別長，兩歲之前，孩子是提前降落的胚胎，軟綿綿完全無法自立，依附著母親而生，撫我畜我，長我育我，顧我復我，出入腹我，說這階段是一體才說得通。如此振撼心魂的愛每個人大多擁有過，何需懷疑：孩子發現母親不見的驚天哭號，母親看到孤兒或家暴兒畫面的無端哀憐，情感如此鮮明，有時相互依賴，不能一刻分離，孩子是這麼可愛，又無你不行，那就一直愛下去，永無止盡。然而孩子只長個子不長心。

母子之愛也是一點一滴累積，在孩子長大之前，孩子愛母親多些，長大之後，母親變單戀者或失戀者。但這些或那些，孩子都沒能記住，因此母親的記憶特別頑強，那是兩人份多次方。

是在五歲時，要他學習自己睡，那次的分離是個分歧點嗎，他的痛苦如追憶逝水年華的普魯斯特，在八點前，母親將推開他，關燈將他留在黑暗中，去到他所不知也不屬於的成人世界。或者更早，怕他已四歲多不上安親班會太孤僻，就推他去蒙特梭利一下，他連教室都不敢進，緊緊拉住你，說陪我一下，陪了不知多久，你終於狠下心甩開他的手，你們是否因此產生縫隙？

分離的苦孩子不會說，那種苦大到無法說，而母親並非不知，只因太沉重，她一定得逃。我最早的苦便是母親離家出走或跟父親吵架回娘家，獨自在床上醒來，周邊沒人，我彷彿看得見自己，好小隻好可憐，哭號到吐了一身，那時恐怕才一兩歲，恐懼這麼大，無人知曉；母親不在，父親便有自己的育兒時光，他牽著姊姊與我，晚上走暗巷，進入滿滿是人的房間，大人們都在打麻將，父親特別興奮，那時我似乎知道母親為何生氣，父親愛打麻將，一進入這房間被吸住了，看不見其他。母親離家不知過多久，應該久到快沒命，跟姊姊在街角玩時，母親提著大包小包遠遠走來，眼中有淚痕，抱住姊姊與我，往我手中塞滿糖果，我不能決定要不要原諒她，一邊嚼著牛博士口香糖，直到吹出一個圓滿的泡泡，隨即破滅。孩子遠比大人知道得多，但他們沒有自己的語言。

當兒子的眼光對男性長輩長出崇拜，周圍的人警告你，兒子長得像女孩，他需要父親的存在，你想了又想，決定將他送回父親的家讀小學，儘管你們夜夜緊擁著睡覺，那是不是分離的開始？

直到那次的大決裂，你還想著偷偷帶走他，然你聽到小孩祖母的哭號，一時心軟，孩子已不讓你靠身，發燒臥床，你無論煮什麼，他都不肯吃。那個房子變得猙獰，一刻也待不住，天未亮你夜奔而逃，連鞋都來不及穿。

時間停留在那個點，繞不過去，永劫回歸，昔日骨肉成陌路。

主體與客體的剝離，又是一次車裂，這次，主體變成客體，客體變主體。

在他三十年生命中，我缺席七年，之後他總想蹺課不當兒子，然而母親跟老師一樣沒有蹺課的權力。

在那失聯的七年中，每隔一兩個月，總要提起勇氣闖進學校看他，明知他會又羞又窘，不想讓同學看見，一心想逃離，但我見到他淚流如瀑，瘋母親的樣子自己都覺得害怕。

考上高中不讓我知道，正是SARS那年，寫了許多椎心的文字，夾雜濃濃的病氣，隔年，跟我有類似情況的老學生，載著我到台北，兩人像末路狂花般殺進他學校，老師攔著不讓我們見面，老學生也是高中老師，比他更強勢，說我們就在這裡等，你去叫他出來，讓他自己決定。

等了好一會，兒客來了，瘦長的個子，一七五公分，五十八公斤，兩年前見他，他正發育，介於孩童與少年之間，現在已是風騷少年，釦子少扣一個，襯衫拉出來，小時的貢丸臉拉長，那時還不知他混得很有精神。

努力找笑話化解尷尬，問他要考什麼組，他回醫科，我被騙還不知，樂得像什麼，根本他沒在念書。

不要到學校，要見約外面。

兒子長大了，沒有逃避。第一次約，他特地穿正式的黑皮鞋，裝束肖似父親，暮氣好沉，整晚都是我在找話，幾千塊一客的牛排吃沒兩口，看他走後，一路哭回家。

那幾年都是這樣一路哭回家，妹妹說，你好像跟兒子談戀愛。

不只是現在，早就是了，以前是動物性的舐犢之情，現在愛恨情仇，抽刀斷水水更流。

兒子已經不是以前的兒子，與我親中有疏，或者我自以為親，他要的是疏；或者我自以為疏，他覺得距離剛好，總之他不像兒子，像客人，彼此客客氣氣。

再相聚時，他已經是話少孤僻，不過生日，不愛拍照，是臉書無臉的無照一哥。有一次幫同學處理交通事故，有人拍他，他大怒說：你侵犯我肖像權。

在臉書的時代，臉就是自我，兒客是從何時從臉中消除自我，是隱者的天性嗎？

你希望我怎樣，他常問。

我沒回答，至少沒直接回答，他想做什麼我都支持。

以前不懂他為何會說這句話，現在有點知道，他要我打造他，給他一個方向，因為他廢掉了。

而我卻常沒有意見，要當開明的母親，讓他更沒方向。

一個不過生日的人可能是不歡喜自己的出生，或者對生命抱著強烈懷疑。這懷疑可能擴及所有的關係，包括母子。

當母子出現問題，自責的通常是母親。

兒客在極父權且反智的環境長大，叢林的原始法則，很快占了上風，我盡量不作過度補償，但他似乎越來越自我中心，往中二的方向去。

兒子不是我們的兒子，他是他自己，我是主體，他也是主體，這邁向一個看似較平等的關係，然而問題還是存在。

自從搬到東海，兒客越來越少來，比客人還像客人，匆匆來匆匆去，現在一年頂多來一次，說這裡太鄉下，沒有小七，天龍國的理由都差不多，頂多約在外面吃個飯看電影當天來回，或到外面住旅館，最令人滿意的是一起到國外度假，我安排旅程，他用谷歌找路，母子搭檔滿分；可那也不能常常，經費太傷。

兒客一頭栽進音樂，陷得很深，大二就到處演奏賺錢，彈兩小時賺兩千，他請我吃日本料理一次全花光，之後作詞作曲比賽，得獎出Demo，進大公司當簽約作詞作曲人，一個月至少製作一首歌。

有時也被他氣死，他說你要寫詞嗎？我說寫過試試，他給我一堆功課，又是限時，作出來的東西，他說國中小水準，耶，我作家教授耶，他說罵教授蠻爽的。

有一次寄來一些生活守則，這些三寶行為你都有，以後小心：付錢慢吞吞，紅利啊點數啊折扣券，沒看後面的人在排隊嗎？在餐廳罵服務生、在電梯裡聊天……，我氣瘋了，你敢罵我三寶，你還有什麼不敢的。

他也不是都這麼白目，我生病時，他帶著女友來看護我；騎機車載我，我被擦撞，菜掉下來，他停好車，追過去跟人理論，說你撞到我媽，你有沒看車？我嚇壞了，台中是黑道之都。

跟七八年級學生相處是我強項，跟七年級後段的兒子相處，我完全落敗。是否縱容？是否鼓勵他自私，讓他越來越自我中心，他已成為超強主體，傾向強權，而我節節落敗？已成客體？

他要我抽掉文章，不准寫他，如果不從，我們可能從此疏遠；如我抽掉文章，代表我同意他的霸道，侵犯寫作自由。

寫作多年，算是敢寫，不完全是暴露自己或暴露別人，只寫我深愛的人，那已涉及自我，從他人折射自己，或從掏挖自己開始，那是心靈的發現旅程，靈魂的求索，跟自我較相關，或者是人我無分，追求再一次主客合一。

我沒有那麼愛自己的文章，少一篇有何關係，但兒子是他自己，我是我自己，相互尊重。既然他不願被寫私事，我願意修改，但不能讓文章被殺。

更深的理解，更多的包容，至高至上日月，至清至淺清溪，至親至殊母子。

蒼生

鴻雁于飛，哀鳴嗷嗷。常常我提醒自己，如果自己曾經哀鳴，那就小心跟著哀鴻，不要讓他們覺得被棄。

現實的苦悶對這新的一代過於嚴酷，不想用原罪與補償的方式對待，而是靜靜聆聽。

十八歲被迫經濟獨立的年輕人越來越多，打各式各樣的工，靠學貸升學，無力償還；畢業後還是做鐘點工，碩士、博士在補習班教作文班，當家教，月生活費壓縮到四千，每到繳房租就到處湊錢，過而立之年還是無法找到像樣的工作。

在大超市碰到暴龍，他喚我並走近，出身台中二中，他在同儕中常以此自傲「我二中耶，你個小白癡。」說久了大家回：「你中二，有問題嗎？」這裡的學生大多來自中南部私校，什麼中的已經很少。在創作課上，他每週交一篇，文筆中上，缺少變化，都是寫自己與女友的感情。他長得黑而胖，滿臉煞氣，圓臉光頭，喜歡嗆老師，因住海線，大家都叫他大哥，他雖胖，身手矯健，跳街舞還當健身教練，頗有十五銅人的扮勢。

我們的分裂點在哪，我已分不清，他的文章被同學批，文學獎連入圍也沒有，他去嗆評審老師，從此再不來創作課。

過兩年，創作課的同學紛紛得獎，組讀書會，加他入社團，他只看不參加，漸漸遠離舊日同學。

我們坐在摩斯聊天，他說畢業兩年還沒找到工作，常與家裡起衝突，女友也分了，因此得憂鬱症，好幾次走上自家頂樓想一躍而下。

靠持續健身讓生活有目標，對抗憂鬱，說到傷心處幾度眼眶泛紅，他的溫柔善感面只在脆弱時才顯現，鐵漢柔情特別迷人，如果不是那麼好勝，應該會寫出感人的文章；問他為何不再寫，他說寫不過別人乾脆不要寫，現在他正要去面試特教工作，如果有工作應該會好些。我說這工作很適合他，像他這種反體制的學生，對特教應有自己的一套，祝他成功，然後在滿滿溫情中分手。

不久聽說他面試通過，很是替他開心，有次在那間超市遇見，他又恢復以前走路有風的樣子，微笑著想上前恭喜他，他裝作沒看見。

錯愕地想了很久，哪裡得罪他，也許是他向我暴露弱點，不想回顧。

我能理解他的心理，對他來說，傲視群倫很重要，把老師當廢柴，這才是他自以為正常的樣子，也喜歡這樣的自己。

那個女博士白狐，想脫單跟一群小弟弟糾纏不清，家裡早斷了經濟支援，當計劃助理一個月幾千，常靠借錢度日，文學獎獎金拿去還債，母親也要拿一些。她常自己一個人旅行，為了省錢趴睡在小七過夜。幾次戀愛還剛開始就結束，我算是看著她長大，陪她度過低潮已是日常。她的優點是靈慧巧思，說話聽著也有意趣，缺點是話多到無止盡。學文學的兩種極端，有的過於安靜寡言，有的過於聒譟多言，她算是後者，如果是男性可能是優點，她能講笑話開黃腔，腦子跟某些男性一樣，如碰到不愛說話的人，就會聽聽她的。但作為女性，要找到能聽她嘴砲六小時的男人，應該很少吧？

就各方面條件，長相秀麗知性，模特兒身材，又有才氣，她喜歡的才高身高的男性不是沒有，而是她那隱隱傳達的怪異氣息，交往不久就會鬧翻，或者逃走。

當她垂頭喪氣在我面前算命時，我真的為她擔憂，如果她能獲得一點無條件的愛，一切就會好轉，然而這樣的愛從何而生呢？

生在小公務員家庭，母親強勢主導教育與經濟，常拿她與成績優異的哥哥比較，母親通常是最不瞭解女兒的那個，明明是女漢子，偏偏給她穿蕾絲洋裝，要她當洋娃娃或小公主。親子衝突不斷，中學常被輔導被諮商，最後看心理醫生。

對子女無條件的愛是多麼困難，以前我也做不到，因我的父母條件式的愛更明顯，每個人都是第一次當父母，他們的父母也不知道什麼是無條件的愛。

兒客小時，我算是採偏開明的教育方式，但這種教育，孩子的功課自然是不好的，有一次考試故意交白卷、我拿起衣架嚇他，沒真正打，卻也把他嚇壞。

從此掄起衣袖，陪他作功課，說是陪，其實是逼，後來成績衝到前三，不知是誰念出來的。

離開兒客七年，親權喪失，孩子不會再服從親權，父母這邊如果過度彌補也只有讓他更驕狂，我們從零開始，建立屬於我們自己的交流模式，愛是唯一的基礎，有時不要求比要求重要，這算無條件的愛嗎？

我的才女學生，變得如此不正常，不正是缺乏被愛嗎？

完全無條件的愛是作不到的，只要調整為愛重於條件，能讓彼此感受到愛，條件是可多可少，或者可以調至最低。

把條件置於愛之前，或以愛為名提出的條件，不但無法讓人感受到愛，傷害是很深的。像張愛玲那樣的文學天才，碰上表面開明，內裡只想改造女兒為西方淑女，以實現她的留學夢的母親，她不僅不懂女兒的文才與喜好，還總是對她嫌東嫌西。

張忍至最後，以一筆錢斬斷母女關係，後半生的書寫都集中在這種傷害中，越聰慧，傷害越大。

她的外祖父李鴻章似乎更懂得愛子女，他最愛的兒子李經述，長得相貌堂堂，才學俱佳，官運卻不佳，二十二歲考中舉人，一八八六年，他以蔭生資格赴京參加廷試，沒有通過。雖未被錄為進士，但被朝廷選為內用員外郎，又蒙賞戴花翎，這種頭銜並非實授，屬於世襲「侯」地位；因此李經述只是獲得了一個四品官的虛銜。李鴻章大可用盡一切辦法扶他，以他的權勢，並不困難，但他最後選擇愛。這個歷史上有許多爭議的人，在兒女面前是慈父。

李經述是個優秀的詩人，他的〈夏日即事〉道出了他的日常生活和情懷，他心性高潔，體貼入微，詩有閒適風：

倏然不覺久離群，寂處心情淡似雲。竹院焚香風易度，蕉窗倚枕雨先聞。病多本草諳都熟，暑渴清茶飲亦醺。自笑日長消底事，詩魔卻與睡魔分。

李天性淡泊，不慕名利，李鴻章不強求他當官，讓他讀書寫詩，到哪都帶著他。他的詩文已自成一家，可惜那是晚清末年，民國就要來了，新的文學正蓄勢待發，以他的文才卻只得到四品虛銜，這太讓為父心疼，他是既愛他又無奈，畢竟他是李鴻章的寄望所託，沒想到他一生顯赫，虎父卻無犬子。然李經述是帶有隱士氣質的孝子，母親生病時親侍湯藥，割肉放進藥中，母親過世時，李經述悲痛欲絕，想到母親傷心哭到氣喘，而至昏厥，因此身體一日日衰弱。經過失母之慟，李經述更加無心仕途，只希望多陪老父。

李經述只幫過朝廷做過一件事，在一八九六年李鴻章奉命出使英、法、德、俄諸國時，李年紀已七十三歲，清廷念及他年高遠行，特降旨令李經述和李經方隨侍在側。李經方同時兼翻譯，李經述則加三品銜，以參贊官的名義隨行，也是虛銜。時經半年多，父子同行走了幾萬里，無論走至哪裡，李經述總是隨侍在旁，飲食起居無微不至。一九〇一年，李鴻章病逝，李經述痛不欲生，計畫以身殉父，後經家人集體跪下相勸，最後沒有執行。但他的身體從此垮了，自覺不久人世，於一九〇二年二月十一日寫下遺書，自言心境憂危，家聲恐難仰紹等等。一週之後，他跟隨父親走了，有一說是他吞金殉父。此時距其父逝世只有一百天，李經述的孝行後人為他立了「孝子坊」。

這樣的父子，最難得的是相知相惜，是忘了條件的愛，知己之愛。

我在這樣的愛中，想到張佩綸。

李將自己最愛的兩個小女兒，一個嫁大她二十多歲的張佩綸當小老婆，一個嫁比她小六歲的丈夫，下嫁換來真愛，權勢如浮雲，他是有點懂真愛，才可以作到無條件。

也有現實考量，張佩綸在十年內官升至三品，寫的文章滿朝傳抄，又是張印塘之子，他愛他的才，還有官運，也許能帶動兒子的仕途，可張佩綸要起復很困難的，他婚後只陪妻子與岳父，李壽誕時什麼人都不見，只與這女兒女婿一起過。

李菊耦想必十分內向寡言，跟李經述一樣淡泊。但她為何把一雙子女教得怪里怪氣，只為她怕兒子學壞，男女對調教養，如此便是條件式的愛，讓他們個性扭曲，張志圻年輕時好看，抽鴉片之後想必個性大變，個性摳門小氣，可能是寡母生活太苦了。

一家子都計較錢，黃素瓊不能說小氣，但張愛玲會替她計算替她著急——我不能欠母親錢，她為我花太多錢。

白狐長得有點像張愛玲，不說話時。

我跟白狐說，等到你出書就會好的。

真到出書時雖然沒有出得很風光，但有個小五歲的薩克斯風樂手愛上她，對她癡迷又包容，她本有一班大一國文，現在多一班，加上研究助理費，也還過得去。兼任講師加出書作家，暫時唬得過家裡。

脫魯了，脫魯了，聽說她在同學面前大聲歡呼。

雙親失能的家庭越來越多，有的是父親或母親得精神疾病，另一方為低收入；或者一方失業或沉迷賭博，另一方被家暴；或者單親，父母親已另有對象……你可以隨意組合，不管哪一種，相同的結果是家庭功能已喪失、親權蕩然無存，他們一個個長得歪七八扭，從另一觀點來看是奇葩。

更艱難的是，他們的父母都無法供應兒女的讀書、生活費，早早就要打工自立，常有一頓沒一頓的。

注意到尼龍，是他在上課中特別吵，喜歡打斷老師說話或問問題，有時學崑曲唱腔唱一段，課外還常邀你喝咖啡、吃飯，他對你的作品非常熟悉，覺得有被瘋狂粉絲追蹤的感覺，常常拒絕總有心軟時，偶爾見面，都是他在說，而且一說幾小時，沒有終止的意思。他說話的威力遠遠超過白狐，總算碰到勝過她的人，他連講八小時沒中斷絕無問題，我不想被鎖定，一定得分散風險。

這是個需要舞台及充滿表現欲的人，於是鼓勵他去學唱戲，上台北學戲之後，上課安靜了一些，有時不免的要秀下他學的戲，他可以一人飾兩角，一下生一下旦，自由轉換，自己唱一台戲。後來還去學南管，會拉胡琴自彈自唱，老師都誇他唱得不錯，我在聽他說話累時，就要他唱戲，聽戲較愉悅，也能歇口氣，同時讓他盡情表演，唱戲完，他也是會累的。

再來是介紹他與白狐作朋友，六小時對付八小時，聽說他們常戰到凌晨方休，敗的自然是白狐，有一天她對我說：「年輕果然有差，體力好！」

最讓我困擾的是失去人我分際，尼龍常不請自來，有時突然出現在我家窗口跟我打招呼。他會走很遠的路，夜訪他心儀的男人，提著一堆菜，塞滿他冰箱，半夜擀麵皮，只為做一頓早餐給心愛的人吃，擺出一桌菜，樣樣精心巧作，有花有茶，擺盤碗筷都很講究，就這樣午餐、晚餐、早餐……直到對方受不了大吼：「我不需要你這樣侍候我，我喜歡自己隨便吃。」

為心愛的人煮菜，這是一種多溫馨多古典的儀式，但是單方面作過頭，沒想到對方需不需要，這到底是如何造成的？

在他的家庭失能之前，患憂鬱症的母親與他相依為命，對他無止盡地訴說，狀況好時，做一桌好菜給他吃，母子一體的胎盤狀態延續到現在，使他成為渴愛的巨嬰。

很早就知道無法愛女人，花了長久的時間面對自己是同志，母親自然無法贊成。

他在表演與創作上的表現出色，進步是用飛的，母親經由閱讀他的作品接受他的性向，他帶著母親閱讀，常對她說我愛你，勇於說愛，讓渴愛的母親獲得安慰。

降低一些條件，以愛為前提，讓他們修護彼此，母親稱他為老師，他稱我為父，因我對他嚴苛，從不理會他的訴苦，只會罵他，這讓他從耽溺中醒來。

寫小說的小雨客，在一對一的對談中反應機敏，靈慧穎悟，心理年齡超出同儕，因為頻率很相應，我視他為隔代知己，但他碰有爭論時，一定要辯贏，且話語冷酷無情，在一次又一次的衝突中，我封鎖他帳號，不再對話。

他具有兩種迥然不同的人格，網路人格放肆乖張，在現實中溫文乖巧。與他長期聊天，我也在網路顯現乖張跋扈的一面，這種共犯相互刺激，剛開始的好感最後都成為後來攻擊彼此的證詞，他的記憶力特別好，我善忘，在網路常是被攻擊的一方，虛擬的世界言談扭曲，難以控制。我不認為網路的我是真實的，但他覺得是。

情感的相通，對象或在場或不在場，都能自動聯繫成共通體；而文字過於放肆，最後反倒成為封閉體。我們越是使用語言，它們越是築高牆，自我監禁，我想到林奕含，文字勾引她，讓她深陷其中，只好統領它們監禁自己。

愛網上聊天的小雨客，能快速地打完一長串文字，反應神速，它建造的話語長城，最後繞到千山萬水之外，我奔往另一方向，不，是強力斬斷。

長期陷在自責中，他的好友提到他有一點亞斯伯格，回想一切都通了，他只需要固定的關係，不需要較深入的情感交流，很容易覺得自己被打擾侵犯，他渾身的雷，都在告訴人，別靠近我，也別期待我。他不能感知別人的感情與需要，因他拙於應對，時時緊繃，聽不懂別人的笑話，很簡單的人際應對讓他戰戰兢兢，也不想回應別人的需要，他的力氣都花在一件事上，就是穩定與固定的生活，別出太多錯，多出來的事情，他應付不了，也不想應付。

應該早就要察覺啊，他不敢直視別人的眼睛，不愛約見面，只愛通訊聊天，他在聚會時，不是打翻水杯，就是悶頭吃喝，惴惴不安。

也是因為他，才願理解我的父親為何拙於言辭，面對親人死亡總是逃走，而兒女出生時躲著不見，他的情感被鎖住了，需要表現情感時令他惶恐，只有選擇逃走。

亞斯生下亞斯兒，我每在人多的場合，呆若木雞，一整晚一句話也沒，同事說我的姓應改為用，因口不見了。

對社交十分畏懼，自己一個人最自在，過去的同學少有聯繫的，朋友都是主動才會成功，一段長時間只跟一個人交往。

亞斯總會找到類似的人當朋友、對方也不喜見面，因此幾年見一次是正常。

談戀愛不持久，親密關係是枷鎖，分手大都採逃走的方式。

但我也遺傳母系的深情，在愛中人我不分，我也會徘徊在愛慕的人住家附近，只是不敢接觸。

生下的孩子，亞斯的成分較多，兒客不愛社交，最怕拍照露臉，朋友三個，從高中到現在沒增加也沒減少；他不過生日，卻精心設計朋友的生日；他不結婚，卻愛幫忙策劃婚禮。

遺世獨立與人我無分，冷酷與深情，恰是心靈的兩極，我們在其中遊走，越偏的人活得越辛苦，大多數人在中間，很少人是剛剛好的。

以上說的是學生，也在說我自己，他們都是我，我也是他們，我們是一體的，也是分離的，蒼生。

沈靜語

「在沒有人與人交接的場合，我充滿了生命的歡悦。」

張愛玲這句話很能代表亞斯們的社交壓力，他們跟世界有道牆，有時他們似乎可以翻過去，通常是戀愛時；他們會讓對方覺得這個人這麼聰明這麼善良，多麼與眾不同，他們也沉浸在歲月靜好的安全感中，但他們對問題的發現與解決衝突是遲緩的，他們會卡在前面，當不信任的洪水來襲，那道牆會倒塌，像爆炸一樣，卡在某處，永不回返。

語言讓他們開啟，也將他們封閉。

譬如她跟母親的衝突，她一直卡在某個點，不斷反覆書寫，一切只為追求真相，但真正的真相在哪裡呢？

我想到更多的亞斯們，他們留下的文字，是否也是如此一再回返？

大學時代著迷的屈原、司馬遷、陶淵明、卡夫卡，赫曼赫塞，中年喜愛的普拉斯、莒哈絲、川端康成、大江健三郎……他們的作品都具有原創性，且架構清晰，思想明朗，卻一再重複某個卡點與爆點，這些作品具有亞斯密碼。

與世隔絕，不被理解，常糾結於過去，被記憶捆綁，最後選擇挑起沒有人理解的使命活下去，他們的愛情對象常是缺席或者不斷變換，像被槍決的人一樣千瘡百孔。

深度的親密關係會讓他們崩潰，所以只有疏離於人群，因為他們常處於焦慮中，無法負荷複雜的人際關係。

安徒生是另一種典型，他寫出〈醜小鴨〉也寫出〈冰雪女王〉，前者反映亞斯在常人群中被排擠的狀況，天鵝誤入鴨群，好比屈原寫的「變白以為黑兮，倒上以為下。鳳凰在筊兮，雞鶩翔舞。」是一種錯置的狀態；而他們總是如冰雪女王一樣冷酷與世隔絕：他們有時會像〈賣火柴的女孩〉一樣單純善良，一廂情願犧牲自我。

他們的作品就像創傷症候群會出現的解離與恐慌、憂鬱，作品有鮮明的個性與新穎的意念，如陶淵明的〈形影神對答〉；

天地長不沒，山川無改時。
草木得常理，霜露榮悴之。
謂人最靈智，獨復不如茲。
適見在世中，奄去靡歸期。
奚覺無一人，親識豈相思。
但餘平生物，舉目情悽洏。
我無騰化術，必爾不復疑。
願君取吾言，得酒莫苟辭。

這種形、影、神的分裂，是自我的解離，在恍惚中對話，形（肉體、原我）對影（精神、自我）說壽命有限，應即時行樂，影對形說「愛與善是永恆的，何不追求」，兩者起矛盾時，神（超我，理想）說：「縱浪大化中，不憂亦不懼。應盡便需盡，無復獨多慮。」以前看到這裡覺得他的矛盾沒有解決，只有自我安慰。倒是憂懼、多慮這反向閱讀更為真實。

作者是常處在憂懼、多慮中，亞斯對現實的反應也常在憂懼如焚中，他們面對黑與白，美與醜，是與非特別愛追根究柢，一般人可以在灰色地帶打混，他們是不行的，因此常處在矛盾分裂中，他們能固守的只有自己，覺得把自己控制好，追求平靜最重要。

因此他們對名利的追求淡泊，對大自然與比他弱小的小動物、小孩更為喜愛。

亞斯的頭腦是極鋼性，直通通不知變通，喜歡秩序與規律；應變能力、社交能力笨拙。

有時會展現富於諷喻與寓言，如喬治歐威爾的《一九八四》、《動物農莊》即是很好的例子。

他們的感情固著，已不是執著能訴說，歡愛時如癡如狂，一但發現被欺騙或背叛，如進入囚室或迷宮中難以自拔，僵硬、停滯、困頓的意象頻繁出現，如普拉斯的〈情書〉（Love Letter）：

以前不是這樣。我沉睡，好比像一條
在冬天的白色停滯期
於黑岩中偽裝成黑岩的蛇——

一如我的鄰居們，不喜歡
那無數輪廓分明的
面頰時時刻刻降下想融化
我的玄武岩雙頰。他們訴諸眼淚，
為單調的大自然哭泣的天使，
但說服不了我。那些眼淚結成了冰。
每個死者的頭上都戴著冰面罩。

據說他們一見鍾情，當著休斯女友的面，普拉斯強吻休斯，造成他們分手，幾年後，休斯愛上另一女子，她選擇逃離。

普拉斯在接受採訪後，採訪者從她的話語體會「當兩個有企圖心、多產又才華洋溢的全職詩人結為夫妻，其中一人每寫出一首詩，對另一人而言，彷彿自己的腦子一點一滴被掏空。對創造力旺盛的心靈而言，繆思對你的不忠，遠比配偶因外在誘惑背叛你更難以忍受。」

一切都歸結於繆思，這是種說詞，其實分居之後，她以為休斯會來找她，她深信他會，但是他一直沒來，兩個人都固著，僵持，一直等到死神將她帶走。

然而死亡是不會帶走太多的，精靈的生存就是要上窮碧落下黃泉，還要活出一場又一場風暴。

女詩人死後，陸續傳出的書信，指出丈夫的家暴與背叛帶給她莫大的傷害，人們對休斯發出種種質疑與批評。

休斯一直保持沉默。到到一九九八年，他於死前數月出版了詩集《生日信函》（*Birthday Letters*），立刻上了倫敦各報頭版的要聞並得到一致好評，詩集頗為暢銷。我在倫敦轉機時，買到詩集，在咖啡座讀幾個鐘頭，剛寫完普拉斯詩評，讀完她的詩，在一個極度詭異的空間，許多疑惑與悲忿，隔著巨大的時空，拋來許多不算回答的回答。這是他三十多年來陸續寫成的八十八首詩體回憶錄結集成集，是他自一九六三年以來，每逢普拉斯生日寫給普拉斯的八十八封信，以虛擬的手法與亡妻對話，記錄兩人過往的生活細節：「原意不是為了傷害／只為留存快樂的回憶」；並追溯第一次做愛：「你苗條、柔嫩、滑膩，像條魚。／你是新大陸。我的新大陸。／你就是亞美利加了，我驚訝。／美啊，美麗的亞美利加。」

短暫的交會，長久的心靈風暴，最後導致一連串的死亡，泰德的續娶妻子幾年後採同樣的方式自殺，他與普拉斯生下的兒子年輕輕也自盡而亡，休斯對外在的攻擊沒有辯解，其實任何辯解都是不智且徒勞的，用這種只有他自己知道，或只屬於兩人的密語對話，讓旁人閉嘴，休斯作了尖銳的最後一擊：

人身牛頭怪物（The Minotaur）

你砸壞掉的桃花心木桌面
是我母親祖傳的餐具櫥
寬厚的木板頂蓋，
上頭布滿我一生的傷痕。

它被拍賣了。
因我晚二十分鐘
照料小孩，那一天你發狂
揮舞著的高腳凳。

「棒極了！」我叫著。「繼續吧，
把它砸碎燒光。
那是你詩裡頭沒有的東西。」
稍後，熟慮且冷靜下來：

「把那些力氣化成詩吧，
我們就離開了。」在你耳穴深處
小鬼輕蔑地彈著指頭。
我給了他什麼？

讓你的婚姻得以解開的
一團亂麻血汙的末端，
留下你的孩子像迷宮裡的
隧道不斷發著回聲。

留給你的母親一條死巷，
置你於你復甦的父親
被牛角牴觸，吼聲連連的墳裡——
你自己的屍體也在其中。

亞斯發狂的樣子就像牛頭人身的怪物，兩個狂暴靈魂的接近是一個與死較近的迴圈，連死也解不開的迴圈。讓我也想到顧城，那是另一種極端，詩人與詩人的結合就是個死局嗎？普拉斯說：

死是一門藝術
所有的東西都如此。
我要使之分外精彩。

創作與愛情交織到愛像但丁《神曲》一樣，從天堂快速降落地獄，卻走不回人間，而之中對話是如此激切，讓我們看到詩人作品的另一個版本，生命比詩還像詩，它們自成一個文本。

寫這些，也在追索，另一個與文本交織或平行的文本，充滿言語又無法言說的虛空之愛。

回想我的愛情，出自幻想為多，它們自成一個寓言，對方以空白的情狀出現為多，更接近一個人的舞台，或自己跟自己的戀愛，因為溝通與話語常是不存在，也不需要存在。

亞斯密碼

我知道我的推斷有點瘋狂，但想理解亞斯就得冒著風險，因為揭露本身會帶來崩潰，為了追求真相，亞斯是九死而無悔的。

我想理解小雨客，想知道花客與雨客為何安排一個亞斯接近另一個亞斯，如果他是天使，我是魔鬼嗎？

因多年來的誤診，讓我迴避家庭的遺傳體質，也許我較輕微，也許我偽裝或自我改造得很好，以致倒因為果，將精神崩潰導向恐慌，而真的原因是亞斯，人際的變動與衝突會帶來恐慌，因為人是他們最脆弱的一環。

他們會因為一句話或一個眼神將自己封閉，或與人隔絕。

父親剛當上衛生所所長，為後進一句不敬的話毅然決然辦了早退；兩個妹妹也因為無意中聽到一句冷視的話，毅然決然早退。

我在想那些被誤解為精神有疾病的，我們只看到果，而沒看到因，那些泛亞斯們最大的發病點都在人的一句背信或輕侮的話，而造成卡點與爆點。

當胡蘭成在婚書上寫「現世安穩」，而張追至溫州只為問他「你不是答應我安穩？」她還卡在小周，眼前胡已換了秀美，她看不見，還為小周吵，得不到答案的她涕淚漣漣搭船離去。

因為一句話會寫出「我已不喜歡你，你是早不喜歡我的。」接著搬家讓人找不到，好像從那時起她息交絕遊，那之前還算社交正常，雖不見人，還是有少量的社交。

因為如此，張愛玲的生平在一九四七年至一九五二年留下許多空白。

我的重點不在張，而是她的家族遺傳，亞斯的父母通常也有亞斯傾向，那是父系還母系？看來父系的成分多，那祖輩也是有的，李鴻章看出自己的子女不同——李經述與李菊藕，作了讓人不解的安排。

這是比金鎖更加大的枷鎖，一步一步走向無光的所在。

如果有屬於亞斯文字的密碼，那會集中在語言的乾淨、直接、精確、銳利，結構嚴謹，體系龐大，有時還有一些前瞻性。

愛讓亞斯陷得很深，走到沒有人知道的所在，她固著在那裡，覺得赤裸與羞辱，光這樣就能把她折磨死：如果加上背叛或欺騙，她會拚盡一切所有反擊。

是的，我又想到林奕含，她在與老師戀愛之前，已有憂鬱厭世的傾向，這是果而非因，我想像她是個高智商亞斯，這讓她常覺得與周圍的人格格不入，因而易產生過度的情緒反應，當他碰到國文老師時，他代表著文學的某種傳統，愛好文字的她，不清楚是愛上他還是愛上文學；在戀情被阻止後，她尚能上學，結婚，但當她知道李國華是玩弄女學生的慣犯，她的卡點與爆點一起發作。然亞斯的反應是緩慢的，她們的個性「剛毅木訥」，完全無法接受「巧言令色」，因此她在極度痛苦中也要逼視真相，帶著死亡的決心，只為揭露謊言，亞斯無法理解為什麼人要說謊，因為她們連謊言都選擇相信，如此斷然決然與濁世一刀兩斷，這已接近死諫。

「剛毅木訥，近仁；巧言令色，鮮矣仁。」這是亞斯的密碼之一。

亞斯看待常人，就是一個圓滑充滿謊言的世界，因此對待亞斯，千萬別巧言令色。

當然人有千百種，亞斯也有千百種，低智商的亞斯比一般低智商更慘，他們或者帶有暴力傾向而成為罪犯、瘋人、怪咖、邊緣人；較高智商具暴力傾向的就成為法西斯或無差別殺人犯。

當亞斯自我教育良好，他們常是優秀的學者、發明家、教育家、聖徒，利他的傾向一旦成立，執念強大的他們，具有嚴謹的組織力，自律力，能安安靜靜地持續作出成績。

界於中間的隱士，比較特別，他們會創造屬於自己的桃花源。

有些外顯的亞斯，長相會有點怪異，肢體也有一點不諧調；隱性的亞斯，常長得十分美麗，也許是造物主給與他們的補償，怕遭到遺棄，男性常伴有鼻炎，但他們不覺得自己美麗，醜小鴨的心結牢固在心裡。

我寫這些，同樣冒著風險，沒有人想自曝其短，揭露本身可能就是一個卡點與爆點。理解，更多的理解，才能幫助他們鎮定靈魂，因他們常處在常人眼光的排斥與焦慮中，而光光這樣，就足以殺死他們。

但亞斯也不能怪別人，太多的注意力放在自己身上是無解的，多多地把注意力放在他人身上。

亞斯對他人的眼睛感到害怕，也對自己的視線無法控制，大多選擇不注視，青春時期覺得自己的視線不自然，因此常睜大眼睛直視別人，這樣覺得又累又怪，後來只看人的嘴巴，嘴部是發聲器，能夠轉移他們的緊張。

一直到教書多年後，方能自然地將視線放在學生臉上，我喜歡臉，輪流看每個人的臉，讓人心安，也能回報以笑容。之所以成立粉圓班，也是為那些不符體制的人。

他們其中有幾個是亞斯，小班教學讓他們較無壓力，且不在教室上課，能自由遊走，偶有失序的表現，其他同學的包容與愛讓他們安定，在安定中他們常有驚人的表現。

團體生活與現行的教育體制是不適合亞斯的，聽說他們的人數占十分之一，那麼該為這十分之一作些改變。

我與小雨客剛開始心靈相通，超乎語言，他年紀雖小，感情經驗不多，卻常在起衝突時，彷佛知道我的感受，用幾句話就化解矛盾，他常說我們是一體的，是共犯，因此沒有誰對誰錯。

他讓我想起雨客的他心通，與花客的自心通，我漸漸理解雨客與花客說的合一是什麼，那是一個至高的交會點，你變成我，我變成你，這是亞斯自己的語言，他們有自己的密碼。

亞斯的致命傷在人際，尤其是愛情，他們很早就意識到與情緣美滿無分，故而容易中途放棄。

如果有所謂交集點，引爆的通常是瘋狂；然那個點很短暫，一下子從天堂掉進地獄，我們所擅長的語言成為工具，盡其所能地傷害彼此，當卡點與爆點一起炸開，我們退回自己的殼，將自己封閉。

沒有比拒絕更像愛。

越寫越覺得沒有人是真正的正常，這麼多不正常的人放進相同的體制，想將他們打造成一樣的人是不可能的。

但我們能怎麼作，在一切微利的時代，連教育也在一毛兩毛計較中，人心的雕塑場變大型回收場。

我並非純然的亞斯，母系狂暴與熱情因子也在我血液中流竄，能夠愛人且愛得深刻，然亞斯的冷清又會讓我走向逃避的一端。

有時淺度入世，深度出世；有時深度入世，淺度出世。

讓我想到那些出世的隱士，與常常躲在家裡的人。隱居之後是否心靈歸於平靜，事實常是他們的生活更是充滿衝突。亞斯跟阿宅有些相似，他們也很容易沉迷於遊戲，差異在他們的興趣是會轉換的，那些體系龐大或有系統的事物特別吸引他們，他們會是不錯的收藏家、程序作業員、實驗家。但人際的負擔有一天會讓他們受不了，最後選擇逃走或躲起來。

九〇年代初期，到美東愛馬斯特住了一年，那裡是愛蜜莉狄更絲的故鄉。小小的愛默斯特，附近有許多一流的學院，麻州理工學院、史密斯學院、還有愛蜜莉就讀的曼荷莉優克女子學院，特地去尋訪她居住過的校園，這學院很小，一座教堂，一棟校舍，學生住校，校區遠離塵囂，不知愛蜜莉在這裡受了什麼刺激，她躲回自己的家，住在種有玫瑰的白色房子裡。那裡也是我常散步的地方，愛蜜莉家族在這小鎮是望族，擁有許多房產，現在都成為紀念館，圖書館有愛蜜莉的特藏館，新發現的作品還持續出版，書店、畫廊掛著她的圖像，我也買一幅掛在牆上，長相婉約的愛蜜莉穿著清教徒黑，幽深的眼神注視著我，這個把自己藏起來的詩人，神經纖細到接觸空氣都讓她疼痛；她說：

當我最快樂時，總有根刺梗在每個享樂裡。我發現沒有一朵玫瑰沒有刺。在我內心裡有一處隱隱作痛的空虛，我相信這世界永遠無法填滿它。

縱使是隱士，生活不是我們想像的平靜無波，有時一點點書信往來也會激起波瀾，他們的愛並沒有隱沒，反而因此變得更激烈狂暴；她寫給友人的信如此說：

難道你不知道當我保留不給時，你最開心嗎？難道你不知道「不」是我們賦予語言最狂野的字嗎？

她們用否定與拒絕表達感情，就好比齊克果與卡夫卡的拒婚，他們為追求更為純粹的情感，而將愛情阻拒在某個高點，如同誓言守貞的達芙妮被阿波羅追逐，她以抗拒的形式將自己變成一株月桂。

有種愛叫不愛，有種愛叫抗拒，它們都在嘶喊著不要不要，有什麼樣的愛比這更狂野？

他們躲著抗拒愛，連帶抗拒各種人的接觸，只以文字見人，他們與人通信、交換意見，有時更凸顯張力：

一封信總給我不死之感，因為像是沒有肉體的純心靈，不是嗎？

我們常探求愛是什麼，卻不去探問抗拒之愛能否算是愛的一種。愛太容易，不敢愛，不能愛，抗拒愛，讓愛更純真。

我無法說明什麼是真愛，那似乎只有神能作到，人一般都是錯愛、無愛、利用愛、磨損愛，而想要追求愛的純粹性，必然在現實無法實現。

想像卡夫卡的頭腦有個不斷在運作的工廠，在一九一三年六月二十一日的日記寫著：

我頭腦中裝著廣闊的世界。可是如何既鬆開我並解放它，而又不粉身碎骨呢。我寧可粉身碎骨一千次，也不願將它抑止或埋葬在心底。我是為此而存在的，這點我十分清楚。

愛會引爆亞斯的瘋狂，因為害怕瘋狂，而把自己關閉或走向自毀，或因罪責感而相互折磨，他為了這愛幾次崩潰自殺，最後邀情人一起自殺，讓情人感到畏懼，這是以拒絕的形式演化的愛情，我把它稱為獵神症。

獵神善於捕獵也善於躲藏，就像齊克果是以系統化與哲學化的話語描寫誘捕術，最後又把愛人放生。

被獵神愛上的人，會有桑德卡拉症候群，主要常處在沮喪、憂鬱與不被理解中。桑德卡拉是引起特洛伊戰爭的女神，也是遭詛咒的被誤解者，她們的痛苦就是無法說明。

記得母親常說父親是沒神經的人，是身旁的人發生什麼事都沒感覺，也就是冷血。母親天性樂觀開朗，更多的把精神花在生意與孩子教育上，七個孩子夠她忙的。

當她無法行走長期臥床，父親一早醒來，各種養生食品只備自己的分，接著出去跑操場，母親恨到咬牙，最後成為憂鬱患者。

有人說卡夫卡是精神官能症的分裂者，我覺得這是果而非因，亞斯密碼在其中運作，讓他漸漸遠離人群。他們看來社交語言笨拙，因為他們在太在乎細節，因此別人隨意講出的社交語言，他要想很久，從細節組合成大意，因此回答不是辭不達意，就是反應遲緩，只有在真正包容自己的人面前，他們才變得放鬆且常有機智的言語表現，卡夫卡的好友就說他是「絕對真誠，細致嚴謹」的人。

專注於大自然，是否有療癒與重生的的可能，從愛蜜莉的詩中，可以發現自然給予的新思維：

四棵樹 在孤涼的一塊地
沒有設計
或秩序，或明顯的作用
維持

太陽 在清晨觸及他們
風
除了上帝
沒有近鄰

這塊地給他們 地方
他們給他

陰影，或松鼠，偶而或男孩
這些過客的注意
在萬物中演何角色
什麼計畫
他們一起是妨礙　或增進
不可知

愛蜜莉寫的大自然並非有序，也並非完全可靠，對萬物也充滿疑問，樹的排列增進宇宙或是妨礙呢？亞斯連大自然也不相信。

隱居的生活不一定更為平靜，讀愛蜜莉的書信，她的感情與精神生活依然豐富，他們或種花或作小農，可以說他們的野心不在一般人追求的事業或名利，而是遠離人群，自然萬物是他們的寄託對象。

我去拜訪歸隱的朋友，他剛回家鄉時，勤於農耕，許多朋友都收到他種的米與菜，因不賣只送，只能達到自耕自給，然整個人變好黑好瘦，靠近他時我感覺到憂鬱的霧籠罩著他，他歸隱沒有比較快樂，但他不可能再走出來了。

這些人常牽動著我的神經，我為此寫下這些若隱若現的文字，因著亞斯密碼。

他們愛得比一般人更強烈，唯有隔離，才獲得安全。

夜視

我擠在馬來夜市中，帶領我的是在台大念完博士回拉曼教書的H，黃色的布幔不知延伸幾里，一週才一次，人潮洶湧，我對逛夜市興趣不大，逛了也很少吃，H說：「這個夜市不同，都是鄉下人做的原汁原味，老做法，有的餐廳都還沒這麼講究。像這雞排飯用十種香料調製的醬煮過，現在人沒這工夫啦。」它有兩種口味，炸雞與醃製，雞塊擺得整整齊齊，飯是加了香菜呈淡綠，看來就很誘人，價格跟餐廳差不多：還有那用各色水果泡製成的五彩椰漿飯，潮州船麵、滷豬腳……都有人來排隊等：這裡集合馬來、印尼，越南、台灣、韓國美食，一攤比一攤厲害，H站在一攤賣糖水的攤不走，我說甜湯會灑出來，最後買吧，H說這家很搶手，一下就沒了。她要的是薏仁白果湯，我也跟進。就這樣一路買七八樣。

顏色、氣味、多元異國風混雜成一種夜的魔魅，我忘了今夕何夕，忘了身處何地，也忘了大部分的自我。

這裡是伊斯蘭的國度，每到下午二點半，整個國家籠罩在可蘭經的誦念中，我喜歡那像神魔大戰一般狂熱的祈禱，在高樓玻璃窗前尋找音聲，眼前有兩隻飛蛾飛過，牠們是早已存在的，還是從台灣跟著我到這裡，或者是出產於這熱帶叢林之地，抑或是幻覺，幻視？

在萬國夜市中我看到雨客亦花客向我走來，他的傘不見了，身穿白麻布長袍，頭戴巴拿馬帽：

「我等你好久了，我沒有等到你說的天使。只有病者，苦者。他們更讓人不想活。」

「你以為凡人之眼看得到天使，你發覺視覺改變了嗎？」

「我看見飛蛾在我眼前飛，有時像是飛鳥。」

「那是視覺的退化，當你真正看不見，就會有真正的看見。」

「不，我不願用失明換取你所謂的看見。」

「你不會真正失明，但會有幻視，你看到的自己都是年輕的自己，這將會是悲劇。」

「那小雨客是真的嗎？」

「假的，你卻以為真的。」

「為什麼會這樣」

顏色、氣味、多元異國風混雜成一種夜的魔魅，我忘了今夕何夕，忘了身處何地。

「你聽過罔兩嗎？」

「影子的影子。」

「他是你投射的影子，而你是罔兩。只有在他前面你會陷入幻覺。」

「為何？」

「因為你越來越像花客，而且你吃了那只瓜。那是花客種的。」

「那只紅龍？不會吧！」

「愛是這麼凶險，你知道我們是如何合一的嗎？花客一路追趕我，為了得到我的愛，以死相逼，越是這樣我越是想逃，她自殘一次又一次，有一次在海邊，她說我累了，再也沒力氣追趕，你走吧！等等我會走入海中，我們彼此解套，都自由了！她坐在沙灘上，臉朝著大海，感覺她心死了，會一直這樣坐下去。」

「看來你也是亞斯啊，沒有比拒絕更像愛。」

「我是嚴重的那種，跟常人無法相處，也沒有辦法愛。當我無情地將她留在海邊繼續往前走，不知走了多遠，我想她應該離開，或者真的走入海中，我不相信她會死，她只是在表演死亡。」

「你真的很冷酷無情。」

「隨便你怎麼說，因為愛充滿可變性，不能確認的都不可信。」

「那你相信什麼？」

「我相信神，因為祂永不變易。」

「唉，我不喜歡你的回答，難道你沒有一絲絲喜歡，或者一絲絲憐憫？」

「喜歡與憐憫不是愛。但我會著急，她不至於真死，但她還坐在海邊，一直在嗎？我忘不了她決心坐死的樣子，於是我折返海邊的方向。結果一個穿白衣的人擋住我去路，他說你回去會後悔的，我轉往原來的方向，一個穿黑衣的人擋住我，他說你回來會後悔的。」

「結果呢？」

「我坐在那裡，放聲大哭。」

香客

香客

香或是流動的欲望……

自從小雨客遠去，我常想像他成為香客。

香客進入我的客廳總說「好香！什麼香？」好像我藏著什麼奇香不拿出來，他不知道在這多樹之地，只有薰香才能驅逐蚊蟲蛇鼠，這是回歸原始，很實際的，並非風雅之事。

進入喝茶，是無心而有心，因無心更顯特殊，故而很有心地學習；接觸香材，是有心變無心，原是為泡茶添趣，沒想到意外開啟嗅覺天地，因無心而無往不自得。

泡茶喝茶之後，嗅覺變敏感，聞到好聞的就易著迷，先是收些香水，想到時聞一聞，抹在手腕處，攜帶著香讓人心情欣悅。美食好茶能與人分享，說得出它的好，愛香只能是自己的事，一種隱藏的快樂，因其私密難以言說讓人更銷魂。那時還不知香材可以佩戴，有日逛街看到櫥窗中的模特兒，棉麻寬袍戴著一塊木頭，美得看傻，進去問老闆，才知是香材，聞著有薄荷與焦糖、肉桂的混合香，木頭乾枯凹痕破洞處處，是破敗，但有古物的乾燥之美，問價好幾千，也還好，只是我向來不買不懂的東西。之後做了一些功課，才買到第一塊類似的沉香，因只是殼，非常軟脆，戴在身上睡覺時翻個身就破了，那時不知等級產區，只貪它那古樸的香氣，再有那如枯荷葉般的破片，戴著它似乎進入特異的世界。

有什麼比香更是殘缺之美，香材是香木的病變，焚之可治病，它是以被銷毀而產生的嗅覺之美。

香的歷史比茶的歷史還久遠，在神農嚐百草時期，茶是藥草的一種，而香花香草早已進入一般人的生活，彼時的人粗衣粗食，味覺還在草莽時期，有錢人才吃有鹽的食物，無鹽謂之醜，可見有人是食無鹽的：無鹽的時代無法想像，但求嗅覺豐美，香花香草是較容易取得的美之饗宴，就像《詩經》、《楚辭》中成為主要賦比興的花花草草。

開始焚香時，真不知要從何下手，最早買的是盤香，長得像迷你版的蚊香，那就當蚊香點吧！說真的香氣並不好聞，還有點薰人，覺得跟燒香、蚊香相去不遠，點一兩次就放棄。

有什麼比香更是殘缺之美？

經過幾年，有次在悲傷中點線香，但見發藍的香煙如流雲在眼前飄，細細弱弱的游絲快速撲向我，不知是風向的關係還是錯覺，覺得煙絲似有雙飛翼，一雙飛向天，一雙撲向我，不斷找有人的地方去，如此有生命的煙，讓人心靜下來，竟而聞進香的心靈。

幻想中的香客坐在對面，聞香賞煙，說：「沒有哪種煙是不美的。」

從此每日點幾支香，發發呆，看煙絲裊裊，煙是飛羽，是亂絮，是斷雲，是殘雪。深沉地進入香氣中，覺得療癒，放鬆，慢慢分辨每種香的不同，有的香甜，有的甘涼，最貴的印尼芽莊沉香，聞來竟是嗆辣，貴的香不一定最好，你要找到屬於自己的。

香客說煙沒有不美的，不管是哪一種，我遂以為他也懂香，連帶懂愛，他說「情深不壽」，我說別咒我死。

每天這樣燒有多浪費，焚香是經由燒毀產生的浪費之美，跟愛情有點像，怪不得詩詞中的焚香跟相思有關，一寸相思一寸灰，連燒完的香灰都很美，像是愛與自我銷毀的痕跡。

好的線香只有一寸長，早點兩枝晚點三枝，很快燒完，如此常在香鋪走闖，聽聞篆香燒較久，且香粉天然，較無副作用，哪知這個坑跟茶一樣大，深不可測。

原來茶席跟香席是連在一起的，宋代已十分盛行，香席之前先是茶席，通常只有三人被邀，進入特設的香座，主人坐主位，名稱有點俗就叫「爐主」，主客坐在主人側，然後是燒炭鋪灰，接著擺香，講究一點的就是篆香。

篆香是在香灰上擺進香模，通常是沿著迴紋填香粉，有人說是心字，因此心香就是篆香，因此得格外用心。第一是慢，你先把香具擺好，香爐、香盒、香勺、香叉、羽掃等擺好，然後是潔淨，最好不要有香灰灑出，因此那根像鵝毛筆的羽掃要頻頻清理檯面，再用香叉把香粉填入心字小溝，說是小溝，要真填滿，也要花五分至十分鐘。那比指甲還小的香叉，每次以叉尖叉少許，因溝很窄小，一點一點填入，如心太急，滿叉往裡倒，肯定散溢，這可顯現爐主心浮氣躁，因此越慢越好。填完香模，再壓一下，使其緊實飽滿，打開香模，遂見美麗的香字。這比壓餅要美多了，因為是字，每個字都有主人的心意，因此文人都要為自己特製別緻的香篆，獨家限定，各顯雅致。

等香篆成形，點火焚香，這時的煙比線香火大，因此香爐的蓋孔通常小且巧，讓煙各成一線，裊裊上升。天哪！你問我好玩好聞嗎？剛開始因頻頻出錯，補救還來不及，粉灑得到處是，再來因偷工減料，篆字不成形或斷掉，這時一點就散，鋪香的工夫一點也馬虎不得，怪不得願被香虐的香癡數不勝數，說是修行之法門，養氣之心法，我看香道就是個毒。

最毒的是它的程序刁鑽，然後是的有些香材有毒，迷上的十有九病，那個愛焚香的趙明誠、李清照的身體想必被香銷磨不少。

要用焚燒來取得快樂，我只想到妹喜等禍國妖姬，有個學生愛燒東西，有一次燒文件，引來警察追查，以為她想引火自焚，盤問許久，讓她尷尬欲死。燒有間接有直接，間接地燒較美，如煮食、燒水，都隔著器皿，隔越多越無傷大雅，至於燒紙錢就很殘酷，還有更殘酷的，不說也罷！

焚香就是這種直接又酷烈的美。

講得這麼瑣碎，連我對自己也感到厭煩，品香最好是一個人獨享，哪裡去找這麼閒的人，香客第一要閒，第二要懂沉默是金，第三不能玩手機。現在哪來不玩手機的，連我自己也愛玩。

但總有眼乾體累時，不愛出門的人，就要懂得些奇門遁甲。

篆香因較天然，我願意為它付出時間精神，早晚一篆香，漫長的夏日一天就這麼度過。拓了一個完美的香篆，扎實而立體，拍了照傳給香客，他沒反應，連問都沒問，我刪去說明，一寸相思一寸灰。

現在的環保香，用電子爐隔熱炭薰，再將指甲片大的玻璃片放在炭上，置香材於其上，藉以聞香，如此自然安全，只是煙是香的靈魂，無煙的香太抽象了。

《紅樓》寫香的部分不少，大多集中在第十九回：「情切切良宵花解語　意綿綿靜日玉生香」一節，這是情愛萌發的時分，寶黛之戀的情欲是從香開啟：

> 寶玉總沒聽見這些話，只聞見一股幽香，卻是從黛玉袖中發出，聞之令人醉魂酥骨。寶玉一把便將黛玉的衣袖拉住，要瞧瞧籠著何物。黛玉笑道：「這時候，誰帶什麼香呢？」寶玉笑道：「既如此，這香是從那裡來的？」黛玉道：「連我也不知道，想必是櫃子裡頭的香氣薰染的也未可知。」寶玉搖頭道：「未必。這香的氣味奇怪，不是那些香餅子、香毬子、香袋兒的香。」黛玉冷笑道：「難道我也有什麼羅漢真人給我些奇香不成？就是得了奇香，也沒有親哥哥。親兄弟弄了花兒、朵兒、霜兒、雪兒，替我炮製。我有的是那些俗香罷了！」寶玉笑道：「凡我說一句，你就拉上這些。不給你個利害，也不知道，從今兒可不饒你了！」說著，翻身起來，將兩隻手呵了兩口，便伸向黛玉膈肢窩內兩脅下亂撓。黛玉素性觸癢不禁，見寶玉兩手伸來亂撓，便笑的喘不過氣來，口裡說：「寶玉！你再鬧，我就惱了！」寶玉方住了手，笑問道：「你還說這些不說了？」黛玉笑道：「再不敢了。」一面理鬢，笑道：「我有『奇香』你有『暖香』沒有？」寶玉見問，一時解不來，因問「什麼『暖香』？」黛

玉點頭笑歎道：「蠢才，蠢才！你有『玉』，人家就有『金』來配你；人家有『冷香』，你就沒有『暖香』去配他？」寶玉方聽出來，笑道：「方纔告饒，如今更說狠了！」說著，又要伸手。黛玉忙笑道：「好哥哥，我可不敢了！」寶玉笑道：「饒你不難，只把袖子我聞一聞。」說著，便拉了袖子，籠在面上，聞個不住。黛玉奪了手道：「這可該去了。」寶玉笑道：「要去不能。偺們斯斯文文的躺著說話兒。」說著，復又躺下。黛玉也躺下，用絹子蓋上臉。

之後講了一隻耗子偷香芋的故事，原來這個冷笑話是直指黛玉，當小耗子現了形，笑道：「我說你們沒見世面，只認得這果子是香芋，卻不知鹽課林老爺的小姐，纔是真正的『香玉』呢！」

玉為何生香，欲望與香氣結合一體，有點情色意味。我在想香是否具有令人上癮的毒性，有一種沉香叫「死人沉」或「棺木沉」，這種沉香不能夠用來點香供佛，也不能夠入藥使用，因為「死人沉」在點燃的瞬間會感覺味道很香，但在第二次點燃時就會有一種沼澤味或屍臭味。不慎服用「死人沉」，可能會出現中毒的情況，有些人還會出現嘔逆、頭暈等症狀。

好的沉香早在傳統藥房裡被廣為使用，在《本草綱目》裡說沉香可以治風水毒腫、去噁心、治療霍亂、暖腰膝、補脾胃、治心腹痛、清理暗瘡、解瘟毒、對精氣神有益、補五臟等諸多作用。好香應具有「甘、淨、醇、馨」等特質。

自從焚香後，一天由點一兩枝線香，到一天要點七八枝，一束中等的線香約千元，幾天就燒完了，求什麼呢？以香開始寫作，以香放空讓思緒奔馳，我最愛在睡前點香，光賞煙就可自得許久。燒了許久才悟出檀香是炭香，燒多有毒，沉香是藥香，草藥的混合香，聞之覺得補人。越自然越好，下次就來燒更天然的沉香皮吧。

有次到高雄演講，夜宿八十五層樓高的八八大廈，辦入住時，大廳有間如珊瑚珠寶城那樣大的店，晚餐完全心不在焉，抽空去逛，這是我看過最豪邁的香鋪，品項與介紹如博物館，因時間倉卒，只聞了芽莊與惠安紅土，前者的價格是後者的十倍，香氣嗆辣，我還是喜歡惠安的涼與甜。因實在沒時間逛，只買了正在特價的線香。隔天一早出住，店還沒開，悵悵離去，誰知那天新聞報導那間海景無敵的飯店倒閉，那間香鋪竟成海市蜃樓。世事真真如煙，令人百味交集。

我想與香客息交絕遊，只是心字他懂不懂？

試合香

知道一些古香方之後，都說花與香水也可入香，便有嘗試的勇氣。我的香材只有惠安紅土、廣南沉香，便將兩種混合，加入天然的茉莉香水，攪拌後，有點黏稠，拓成香篆也還不致潰散，點燃時，覺得香味變濃膩厚重，飄著淡淡花香。再加入橙花精油，燃燒後，胸悶想吐，可能精油不純，或者有化學添加，我的嗅覺對非天然成分十分敏感，香方嘗試便暫告一段落，原來不是什麼都能燒，燒錯了，香花變成臭氣。

再次嘗試是看到古方合香都用茶葉作收，於是重起爐灶，拿出以前磨茶葉的碗與杵，把做成盤香的檀香磨成粉、又加一些棋楠線香、普洱茶葉一起磨成粉，加入沉香粉中，和一和，拓四神篆香，這模子作得細巧，是以青龍、白虎等四神獸作模，形體蜿蜒細長，可燒更久。這次香燒來有股焦味，不好聞。但因成分複雜，結構緊密，燒得緩慢，煙也小些，怪不得做了合香就回不去了。

主要是沉香粉太貴，又蓬鬆，乾柴烈火，嗶嗶一下子就燒完，煙火又大，怪不得要合香，而且光一味聞久也會膩。

如今台灣焚香分兩派，一派只燒沉香，一派喜合香。前者把昂貴的沉香單品燒，頂多混入較次的沉香，這是土豪式的燒法；愛合香的通常是復古愛古者，找出古香方，複製成香，古人視薰香為養生，只要對身體好，氣味好，什麼都可入香。

入香最特異的有鴨梨、薔薇水、螺甲……，中藥材一般也可入香。這讓我想到宋人的點茶，也是雜七雜八什麼都放，跟當今要求的單一純正很不同，茶養生，香當然也養生，這才能天天燒啊，任你多土豪，天天燒單品沉香，跟燒錢似的，還瞧不起合香派。

大陸近年愛古復古風興盛，焚香是為和古人一般過雅緻生活。有個電子科技工程師，年紀輕輕辭職回家製香，自己曬草藥，研磨，複製古香方。為何？他說敲鍵盤成就只能到四五十分，做香可做到七十，現在網購方便，香方鋪到網上，買的人也應不少，討論香道的，復古派勝出，發的文也有知性與靈性，蓋宋人的薰香文化追求的是意境，不是光燒錢而已。

之前我誤會古人，覺得天天燒人人燒，太浪費，其實很少人燒獨香，多是合香，雖每方必有沉香，成分不多，其他都是便宜藥材，東坡晚年在海南，屯積十幾斤檀香，檀香不貴，只燒檀的話，煙供的成分多，煙供燒給神，合香燒給人。

第二次合香，取台灣高山生茶，再多一些斷裂的線香，線香大多是合香，這樣層次更豐富，點燃後，燒得更緩慢，香氣濃郁，層次豐富，而且沒有焦味，煙更小，聞來好聞，是從來沒聞過，也說不出的味道，有一點巧克力的甜香，遂又想到也許巧克力豆也可入香，下一次來試試。

合香可以取古方，也可自己研發新方，變化無窮，怪不得宋人迷之入狂。

香方本是藥方，只要對人體有用的草藥都可入香，香方如鍊丹，有益人體養生，如此信仰道教的視焚香為聖事，在碧煙裊裊中，確實彷如仙境。

有一經典款，聽說聞之可生髮，這香叫「壽陽公主梅花香」，它是南朝宋武帝之女壽陽公主傳世的十三款名香之一。傳說壽陽公主長得美豔靈秀，常以梅花為妝被稱為「梅神」。她得梅花神髓而配製的「梅花香」、「雪中春信」、「春消息」被製香家譽為「梅香三絕」，因此香方、合香在南朝已很盛行。它們的香材組合大多以：甘松、沉香、白芷、丹皮、丁皮、檀香、龍涎等為底。香品特點是配伍奇妙，香氣清雅，含生髮之機，妙香一支如沐春風，使人神清氣爽，適宜於書齋琴房、居家修行等。

甘松在中醫上以根和根狀莖入藥，性溫、味甘，功能理氣止痛，主治胸腹滿痛等症。白芷可治眉稜骨痛、牙痛及鼻淵引起之頭脹痛。婦女寒濕白帶等；丹皮又稱牡丹皮，它的甲醇提取物有抑制血小板作用；牡丹酚有鎮靜、降溫、解熱、鎮痛、解痙等中樞抑制作用及抗動脈粥樣硬化、利尿、抗潰瘍等作用；丁皮為桃金娘科植物丁香的樹皮，用於中寒脘腹痛脹、泄瀉、齒痛。

這麼多功效，讓人看得心癢。

第三次合香，將茶葉的比例增多，再加普洱生茶葉，結果燒時常熄滅，且味道怪怪的，聞來不喜，可能普洱生茶較濕，且味苦，香味不佳，這盤香也就沒燒完。

比例很重要，合香時沉香是主旋律，要四分之三以上，其他少量，茶葉可燒，但只能挑新鮮的生茶或高山茶，它只是為調和用，一絲絲即可，檀香，麝香、乳香等香品約五分之一，中藥類每樣約十分之一。這些次旋律不能搶主旋律的光，整體來說還是燒沉香。

就以嬰香來說，沉香三兩，其他都是三錢、一錢，只有麝香七錢，牙香為一錢，蜜要

合香可以取古方，也可自己研發新方，變化無窮，怪不得宋人迷之入狂。

六兩，是沉香兩倍，這方子如果燒沉香單品，價格要多一倍，因為其他香材都便宜許多，如此也不致耗材過凶；再者，沉香是油木，比乾柴易燃，很快就燒光，加了其他藥材，可延緩燃燒速度，又能治病養生，所謂灸，就是燒藥草，一篆沉香頂多十分鐘，合香可燒半小時，如此方可入藥，焚香不足十五分，連療效都沒有，談得到什麼靜心與鼻參呢？

填香篆的過程跟繡花差不多，手不能抖，心要專注，這些動作自覺很娘，像蘇黃那樣的大老爺們，應該是不會自己來，自然有婢女侍侯，他們只管聞香與參禪。

整天整國地焚香，焚香跟焚錢差不多，怪不得國庫空虛，北宋打不過北方之強南遷，南宋地處江南，更靠近香材產地，根本宋朝的船舶司就為香材而設。說是海上瓷路，以物易物的成分多，燒瓷是人工的，可以無限量燒造，而香材自古以來就是天然生成，量少難取，用瓷來換，絕對划得來。只是香賈實誠的不多，因此明太祖立國之後，禁止海南貿易，理由就是香販子多滑頭，常常被騙。

這樣說來，焚香誤國，那為何還要焚呢？以前我覺得焚香是消毀的、被動的、也是純消費；然文人焚香都跟修行、治病有關，研發香方也是一種創造，並進而成就了香道。

香有十德：感格鬼神、清淨身心、能拂汙穢、能覺睡眠、靜中成友、塵裡偷閒、多而不厭、寡而為足、久藏不朽、常用無礙。

除了第一項感格鬼神難以企及，其他九項都講得很實在的，香是很好的除濕祛蟲劑，能除室內濕氣，體內濕氣：睡前燒睡得很沉，且一旦心靜不會多事找事，一個人有香為伴，不覺孤單，想薰就薰，天天薰時時薰都無妨，只要錢多；香材都是貴的，節省用，不急用完，放到天荒地老都不會壞，最重要的是，少燒更珍惜，更要抓住每一刻。

燒香的手一旦落下，便要有忘我的心，因為當下只合三千六百分之一秒，香化為灰，乍生乍死。

通常我一天早晚各燒兩爐，差不多一小時，什麼都不做，只有靜心與冥想。

這是以文立國成就美的文化與藝術，所謂盛世是屬於君王的，亂世或分裂之世，才有庶民的聲音，〈清明上河圖〉畫於徽宗之年，此圖的可貴在於沒有宮苑、花鳥、狩獵、出巡……而是庶民生活寫實樣貌，其中有香鋪，香客，上行下效，皇帝燒更凶，不久徽宗成亡國之君。

「雪中春信」一般誤以為是蘇學士發明的，其實古已有之，東坡不過採了梅香作引，這些香方都是女人用的，山谷抄的嬰香方，都是帳中香嗎？東坡疼老婆是有可能，山谷篤信佛教，很難想像。傳說他曾經遇見前世的母親，她拿出女兒的詩文，山谷一讀是自己應試的作品，他把老婆婆迎回家，孝養到老。這人也神，只有他能想出奪胎換骨的作詩法，他自稱「似僧有髮，似俗脫塵，作夢中夢，悟身外身。」

我亦作夢中夢，悟身外身。

寫文章要累積幾世之功，所以今生寫不贏別人沒關係，要想別人是花幾世才有這樣的高才，這世不能比，再努力幾世，誰說不能。

但像山谷這樣的有神論者，自然會再來投胎。我是不想的，作人作夠了，不願再來，永生只存在於潛意識中。

雪中春信與嬰香

有兩個流傳的香方，流傳千年難以複製，一個神奇一個實惠，研發的人是香的發燒友，是師生，也是道友，兩人齊名，年齡只差八歲，老師死後，隔四年學生死，大才而能成為知交，只有李杜可比，那就是蘇東坡與黃山谷。

宋代以文人主政，這兩個重度文青，都年紀輕輕中進士，早早作官，小文青變老文青，琴棋書畫、茶道、香道、花道無不精通。

那時節，舉國為香瘋狂，光香藥局的收支就占稅收四分之一，街上到處是賣與香有關的店鋪：香材、香具、香婆……還有限量訂製的獨家香高級香鋪，一般人在餐廳酒坊，隨時

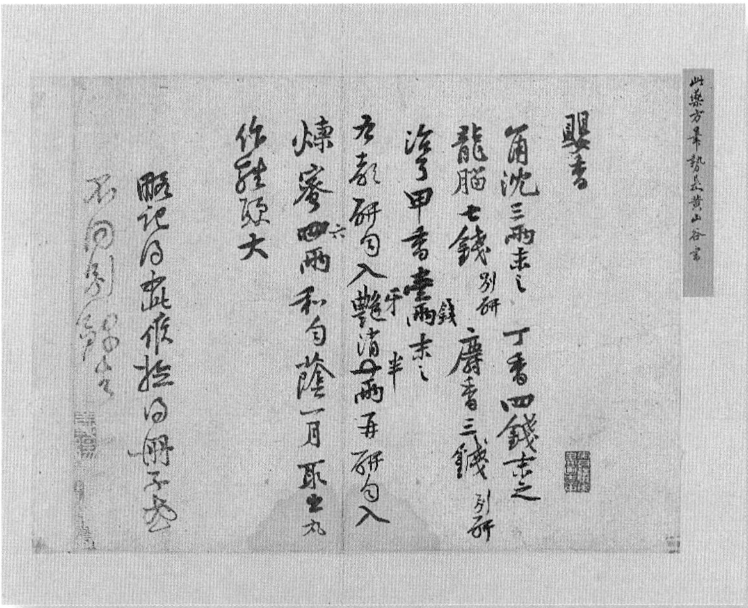

黃庭堅〈製嬰香方帖〉，國立故宮博物院典藏。

可叫人幫你焚一爐香，想必香具也可租用，燒自己帶來的香。

焚香的程序已夠麻煩，很難想像還有人研發香方。

直接燃燒單品香材是明以後的事，明以前是合香的時代，流傳的香方令人看不懂，像黃庭堅的「嬰香」還有帖子流傳，無非是各香材的集合，比例不同，如沉香、腦香、檀香、乳香，加些藥材，大多用蜜調和，攪和後蒸或曬，製成香膏、香丸、香餅，合香大約有些療效，這也是我焚香幾年的心得。

更早的漢唐，番香稀有，用花草藥材焚香，主要是薰衣服，讓全身香噴噴，香是一種身分，也是品味。

初習者愛簡便，通常在泡茶時點個線香，香變成點綴，自然不解香道，以前茶席是為香席而設，喝茶先淨化與靜心，這時嗅覺靈敏，自然能解香之妙。

我的經驗是線香焚的時間太短，且線香大多混有化學物，對身體不好。燒篆香，從拓香到焚香，至少要二十分鐘，這樣的時間才能進入香的初階。

燒的香粉有單品與合香，有一品廣南沉，睡前點，入睡沉，真所謂安息香；有些合香補人，一品沉香加當歸粉，聞來如補藥，比單品貴一倍，可見合香是有道理的。

如果問什麼花最香，這個問題問蜜蜂與蝴蝶最知道，百合、玫瑰夠香，但都不足使蜜蜂、蝴蝶瘋狂，我院中的十年梅樹，每到十二月開花，那初開的清香大約只能保持兩三天，蝴蝶蜜蜂狂採蜜，不久花就落了！

怪不得茶癡要用梅花上的雪水泡茶，香癡要用梅花入香，相傳蘇軾為合出早春梅花初綻時的香氣，整整花七年，還是沒合出滿意的香，一直到宋哲宗元五年正月初七，突來的一場春雪，梅花上沾滿雪粉，讓他有了靈感，拿出御賜的羊脂玉碗，由愛妾和侍女掃下九百九十九朵梅花的花心之雪粉，再將炮製好的種種香料按順序配好，終於配好「雪中春信」。

花心之雪自然是香的，可九十九朵雪粉該有多少水？梅花香很甜，那是花蜜多，為蜜香；百合、玫瑰等豔香是花粉香，是刺鼻的香。梅心雪沾滿蜜與香，融化後成蜜水，和入香材，是番香與花香的結合，水分多做成的合香成膏狀，焚燒前可能要先烤乾。

「雪中春信」是蘇學士的創意香，黃庭堅的「嬰香」則是古方，傳說很多，有一說為帳中香，〈嬰香〉之名出於道教上清派經典南朝梁陶弘景編注之《真誥．運象篇》中，其曰：「神女及侍者，顏容瑩朗，鮮徹如玉，五香馥芬，如燒香嬰氣者也。」陶弘景小字注曰：「香嬰者，嬰香也，出外國。」文中描述「嬰香」當為妙齡玉女之體香。

它的成分也有許多傳說，說是香商剩餘的香材混合在一起。它有沉香、丁香、龍腦、麝香，角沉三兩，一兩三十七．五克，三兩就是一百多克，現在一瓶香粉才八克，可拓香二十餘次，加起來有二十幾瓶多，也太大量。可能古人大氣，一次要做幾十丸，聽說送人時要裹以金箔，以十丸為一份禮。

「嬰香」中最麻煩的是甲香，它是海螺片，要蒸煮去腥，方能入味。有人複製嬰香方，量約三分之一，得約十七丸，如照原方，可做五六十丸，燒一次只要半丸。

焚香跟燒錢一樣。這些老文青、知青，天天玩這個，把文化玩到一個高峰，可北方之強虎視眈眈隨時想南下征服，如今對岸玩香風氣比台灣更盛，也是種不錯的文武調合之道。

如果這些文青焚香目的只為風雅，那也看太淺了，蘇黃都是佛道雙修，焚香也是修行的法門，所謂鼻參就是。

品香的過程是種極慢的節奏，從香具準備、埋炭，燒炭，時間忽忽已過一小時，然後是壓爐灰、置入香篆模，填香品，這又過半小時，最後才是品香。品香時，先以左手托起香爐，將香爐放在頷下離胸口約一拳的位置，這麼近，跟抽大煙差不多；然後右手由下順勢而上，拇指搭在爐口前沿，四指斜搭在爐口外沿，其間虎口張開，同時讓自己沉下來、靜下來；深深地呼吸一口香氣，緩緩地控制呼吸，頭慢慢偏向右邊的方向將氣吐出。這個程序要連續緩慢走三次，才完成品香程序。第一次先驅除雜味，第二次鼻觀，觀想趣味，第三次回味，固定意念。這過程類似禪宗的鼻端參禪，因此文人們將兩者聯繫在一起。

蘇黃不僅會製香，還會鬥香方，互打禪鋒，黃庭堅是個愛香的典型人物，自稱有「香癖」，在得到了珍貴的「李後主帳中香」後，寫了兩首詩贈給蘇軾〈有惠江南帳中香戲贈二首〉：

百鍊香螺沉水，寶熏近出江南。
一穟黃雲繞幾，深禪想對同參。

這是下戰書，燒了百鍊成香的沉香、螺香，在黃煙中邀蘇學士一起參禪，蘇軾應答：

四句燒香偈子，隨風遍滿江南。
不是聞思所及，且另鼻觀先參。

蘇學士說你的四句詩寫得真好，必定名傳江南，但香道不只是感官與思考能達到的，你先要用鼻子來參吧？

如果第一輪的唱和展現了友人間的打趣和機智，第二輪便是人生境界的呼應。黃庭堅寫給蘇軾的第二首詩：

螺甲割崑崙耳，香材屑鷓鴣斑。
欲雨鳴鳩日永，下帷睡鴨春閒

黃館長這時不比禪修，但講眼前實事，你看香材多美，螺甲的形狀那麼銳利，可以割崑崙奴的耳朵，沉香上有鷓鴣鳥的斑紋，鳴鳩與寶鴨造型的香爐，在快下雨的此刻，彷彿白晝永遠過不完，而我放下幃帳，正享受這悠閒的時光。

蘇軾回覆：

萬卷明窗小字，眼花只有斕斑。
一炷煙消火冷，半生身老心閒。

你說你悠閒，哪比得上我，我在明亮的窗口拓了小字香，眼前都被香給燒花了，好不燦爛，一炷香燒冷了，就像煙消火滅，也像我這半生，身已老心很閒。

黃庭堅收到蘇詩應是會心一笑，便又回詩兩首〈子瞻繼和復答二首〉：

其一

置酒未容虛左，論詩時要指南。
迎笑天香滿袖，喜公新赴朝參。

其二

迎燕溫風旖旎，潤花小雨斑斑。
一炷煙中得意，九衢塵裡偷閒。

你說你心閒，我說你作詩都是要作人的範文，你明明新官上任，歡迎你的人滿袖都是香呢！

而我呢，還是迎接我的春燕，溫習溫暖的東風，看那花兒被小雨打濕，我只有為燒一

花心之雪自然是香的，可九十九朵雪粉該有多少多少水？

炷香而得意，在十里風塵中偷得一份悠閒。

這兩個人比賽誰最閒，難道宋代老文青都這麼廢嗎？其實兩人一生因黨爭，命都不知要去掉幾條，原就篤信佛教輪迴的山谷哥，把生命與肉體視為幻影。東坡學士因寫詩闖了不知多少禍，他說詩就是自己的話語，想改也改不了，關心時政的結果就是不斷遭貶謫。身如不繫之舟，不如參鼻觀，打禪鋒，風花雪月一番，這些薰香詩，可見他們搞笑而隱微的一面。

薰香幾十年，對身體不會有害嗎？東坡活了六十五，山谷六十一，在古代也算長命。

薰香跟現在的焚香不同，宋人薰香，先在爐中置炭，再鋪一層灰，香置其上，隔火薰香，被炭火燒熱的沙，不會讓香起火，只會飄香，要到焚一半時才會飄煙，因此在冒煙前才拿近鼻子聞，因此叫薰，不叫焚，香被薰後也會化為灰，但不起火，煙也不大，這較環保，但如何還原古風呢？

現在香道也用電子爐燒熱炭，再隔著雲母片聞香，小如指頭的雲母，用小夾子夾到鼻前，感覺有點好笑，但為參鼻觀，下次來試試。

瘋雅

不可毀，不可讚
體若虛空勿涯岸
不離當處常湛然
覓即知君不可見

——永嘉法師

什麼器最雅，以前認為茶具雅，如今覺得香具更雅。

最早的香具有手拿的香斗，還有博山爐、薰衣服的香籠、也有塞在懷中的香球。

我收的老瓷器，只有三件香具，一是哥窯香爐，一是龍泉窯三足爐，一是高麗青瓷香盒，以前渾然不知，現在如同重新挖到寶。

愛香的人對香具很挑，不一定要名品宣德爐和銀香勺，這些自然很美，但太富貴就跟香道不搭，茶有禪茶，香也有禪香，茶還是飲品，是食物的一種，香是用來聞，參禪機，越是自然越好。

太新的器具越是不雅，有點年代或自己手作最好。

香具最早是簡單的，所謂三件組，只有香爐、香盒、香瓶中插著香鏟、香勺、炭夾，之後越來越繁複，光香具就變七件組，其他有的沒的，加起來十幾二十件，香事煩瑣，並非本意。

我雖有整套的七件組，常用的還是香鏟、香勺；炭夾還沒用到，燒炭太麻煩，古人沒有賴打，生火只有炭燒，現在賴打便宜又好用。香具要求的還不是全，最重要的是雅。茶道雖也講名器，現在的茶席有時過於鋪張，噴乾冰、彈琴、掃花、如國宴般的布置……弄得如裝置藝術，令人卻步。

只有香事無法鋪張，它很抽象，跟感官與想像更有關，因此越是天然，越是手作越雅。

今天來的香客送的禮是他手作的羽掃，他真靈通，前幾天才送他些香粉結香緣，他用硯台焚香，還去撿了貓頭鷹的羽毛，紮在樹枝上，羽毛有鷓鴣斑，完全就是香道神器，我欲回贈他掃灰的茶掃，他說不用，想用孔雀羽毛做一枝。

小香客今年才二十初，茶道、花道、書畫皆已粗通，今天再加上香道，他就是今之古人。我在他的年紀，一味地崇洋，雖然作詩填詞，還是覺得西方的玩意才時髦，牛仔褲、西餐、西洋歌曲、現代舞、洋文……現在這些老東西都是近三十才接觸，三十年了也是一知半解，新的一代，網路資訊無遠弗屆，喜歡老東西的不多，真喜歡的又比我瘋狂些，這麼小這麼懂風雅，新世代不簡單。

這香客自然天成，今天來學拓香篆，我用的是沉香、檀香、些微棋楠，加兩三顆高山烏龍和在一起，兩人各用不同的香爐。他的是新燒黑色有蓋陶爐，心字香篆，填香用香勺；我用的是無蓋柴燒香爐，四神香篆，填香用香鏟，兩人各持一羽掃，我的是貓頭鷹牌，頗有哈利波特感，等填完香，用力一按再打開香篆，立體而美麗的篆字成形，各自點燃，香燒得很慢，煙細細的，小香客正失戀中，他愛的人不愛他，但他依然愛他，覺得這份感情很美。純精神或得不到的感情的確很美，他說就像他之前不知怎麼燒沉香，整把燒一下子燒

貓頭鷹羽毛紮在樹枝上製成的羽掃，羽毛有鷓鴣斑，完全就是香道神器。

光，剛聞到甜香，就起大煙，然後煙消雲散。

現在調過的合香燒得很慢，煙細細的，香客說克制也是種美，香因有克制而低燒，愛因有克制而悠長，要靜待它自己慢慢燒完。

品香是探究自心，歸於靜定的漫漫長途，能一起品香的人，皆有深緣。

雖然第一次對香，小香客也參出禪意，我倆靜默，看碧煙裊裊，一直到香盡，我的四神香篆比他的長，燒了半個多小時，他的心香，燒了約二十分。

記得剛認識小香客，他未滿二十，還是一個話超多，上課很吵的屁孩，但他天生的不怕老師，有時課後跟過來，和在丹堤咖啡跟我喝咖啡聊天，當時還看不出他能做什麼，只覺得他表現欲強，便要他去學崑曲，他學得很快，之後學唱南管拉胡琴，唱老生很有韻味。之後一起喝茶，他瘋狂愛上茶與燒陶、插花，有一陣子說要休學去花店打工。

在一堆會寫的學生中，他不算特別突出，但好勝心強，常常得大獎，做什麼都很瘋狂入迷，我相信他也會迷上焚香。

凡是文藝他都愛，說得上風雅，有時我想，越是風雅越是要無心，也就是不要因為它風雅而去作它。不管古物、茶道、香道、花道、書畫，都講個緣字，你因一個機緣有人引進，因為這些門檻都很高，需有師父和前輩帶領，而修行在各人，跟寫作有點像，千萬不要因為它風雅而去作它，那會顯得功利，那就不美了。

古人的風雅是從小在詩文傳統中，先作詩人文人，而有風雅的追求，詩意是一切風雅的基礎。

我們已進入AI的年代，將來許多工作都不需要人，人的價值需要重新設定。什麼事是AI作不了的？越是手工精細的手藝，越是心靈境界的事物越無法被替代，越是詩意的人生越要自己追求。

小香客迷上焚香，然香具難求，我送他一個老瓷器香爐、香篆、白灰、沉香粉，他整天都在燒，一下子就沒了。

我們相約去逛玉市買香具與香粉，因颱風過境，我認識的商家沒來。小香客起燒就是沉香惠安紅土，標準不願下降，那幾百塊一斤的次等香，他一問就說不要。我倒是看中一只紅銅的老香爐，紅銅掐絲還有銅底座，下刻「宣」字，現在什麼銅爐都刻宣德年製，真要笑破人嘴，一只真的宣德爐，拍賣價上千萬，而且當年只做一批幾千只，過了七八百年，大多爛了，要不當傳家寶，誰肯釋出。

我不收銅器，如果二三十年前收，是有機率收到，現在是零。買個有年代的入門款就好。宣德爐為何這麼貴？聽說當時用上好的材質冶銅，燒成嬰兒肌膚一般的紅銅，它的顏色與質感難以複製，再加上限量，故而一爐難求。

小香客執著於香粉，我勸他買個便宜的銅香爐，他挑了一個，才三百五，下刻大明宣德年製，這爐真搞笑。

在替他挑香爐時，我看到有兩個香盒很美，一為紅銅印花，一為銀刻蟠龍，小香客看上一銀香球，我三件一起出價，買單不到兩千，比買一件襯衫還便宜。

小香客缺香盒，我用紅銅香盒跟他交換香球，彼此都很滿意。

都說便宜無好物，在挖寶上有時並非都如此，好又對的東西在玉市也是貴的，那就用不著在玉市買，但有時是古物商自己看走眼，收到好物卻低賣，這是常發生的事，因是寶找人，而非人找寶。我那個香爐是新的模造，當然便宜，銀香球並非純銀，是銅鍍銀，淘寶網也只賣幾百。讓我感到微微手麻的那個銀盒，這才是重點，回家後細看，純銀打造的香盒，重有七兩多，上有三頭龍，兩頭圍繞著一頭小龍，乍看盒的內裡有光緒元寶的字樣，覺得非平常之物。

它當然不尋常，在古董中，光緒是新東西，不算古，喊不起價，但就那光緒元寶四字

內刻「光緒元寶」字樣的銀香盒，讓人眼亮。

讓我眼亮，有年代又是銀雕的龍，覺著異樣。

這個盒蓋中間鑲著一塊龍銀，也就是「光緒元寶」，龍銀是中國第一次鑄銀元，上有英文、滿文還有漂亮的楷體「江南省造庫平七錢二分」，龍是細巧的珍珠龍，這讓我的腦洞大開。

這到底是什麼人用的呢？把龍銀鑲在銀盒上，就像龍貓金幣鑲珠寶那樣俗氣，可是它們很協調，有種相互較勁的意味，在大清朝也只有皇帝能用龍紋雕飾，這三條龍是指慈禧、光緒和另外一個人，是慈安，或者是雙龍並治，是用初鑄的錢代表朝廷？手雕的龍與鑄造的龍都很精美，各有各的美。

價值千元有可能買到寶嗎？錢幣與銀盒也許是新造，可能是銅鍍銀，也可能是錫，如果是錫，就這工藝，怕也是高價，我用不鏽鋼湯匙敲了敲，發出如鈴響的啷噹聲，這是只有銀才有的聲音，秤重是七兩二，是錢幣的十倍，這倍數有什麼意義嗎？

光緒造銀幣有不得不的苦衷與國辱，西方錢幣大量湧進，以不對等的價值換走大量純度更高的銀兩，所謂銀幣，銀的純度不高，如此流失無可計量的純銀，光緒只好命張之洞造錢幣，銀比例91，算是高的，如此與西方強勢銀幣對抗。

從一九八四到一九〇四，光緒幣只有九年，每省每年都略有不同，數量不多，主要是鑄工精良，龍鱗如珍珠，龍臉特長，顯得老氣不威猛，龍的氣勢最能反應國勢，明永樂、宣德最威猛，到弘治、萬曆，像蚯蚓。

光緒的馬臉龍讓人不悅，雖然值錢，不悅就是不悅。

古物收藏最愉悅不是挖到寶，而是慧眼識英雄，掌握物品的背後，彷彿歷史重現。

我不收銀幣，然而母親給過我好幾個龍銀，聽說她有錢時，一筒一筒買，二十個疊成一筒，想必那時不太貴。幾個女兒結婚辦嫁妝時，她買兩只○○七皮箱，裡面裝滿衣服飾品，四個角各塞一個龍銀，說是富貴圓滿的吉慶象徵，那時我覺得俗，從沒去動它，逃家時也就丟在那邊。

母親過世後，留下一堆銀幣，我不想拿母親的遺物，人都走了，身外之物只有惹人傷感。姊妹分完，催我挑，我只拿一個袁大頭跟一枚銀幣。去年亞妮出嫁，我給她袁大頭當禮物，她是粗線條，可別跟我一樣不懂，把它給丟了。另一個熊貓銀幣給兒子當紀念。

媽媽的手尾錢依然豪邁。但給我一個丟一個。

愛錢幣的媽媽又追過來補給我一個龍銀了嗎？怕我又丟了，所以鑲在盒子上？

人到一個年紀，尤其是父母過世後，覺得自己半鬼半仙，對現實漸漸失去真實感。

譬如看到觀音落淚，覺得是母親啊，看到好書法，想到父親與大弟，他們都有一筆好字，可惜一個字我也沒能留下來，如今供著觀音，在香爐裡放著弟弟幼時的銀鎖片，上有他的名字。

我跟小香客走在玉市中，兩個人隔著好幾個世代，但能一起拓香參禪，恍惚中覺得前世我們有宿緣，香友多是性命之交，李清照與趙明誠，冒辟疆與董小宛，蘇東坡與黃山谷……我們或是香鋪中的母子，或是同袍同梯，骨肉手足。

那銀香盒越看越想哭，龍銀牽起對母親的思念，媽媽很有投資眼光，這隨便一個龍銀都可賣幾萬到幾百萬，依年代、品相而定，現在鑲在盒蓋中央的這個接近全新，品相完美。錢一旦經手，就會折舊，坑坑疤疤，更有那商人怕是假錢而去戳洞，因此經過百年能留下來的品相都不好，這也是為什麼價格高低不一的原因。

買香具買到寶，這戲劇性的插曲意味著什麼呢？不可毀，不可讚，體若虛空勿涯岸，不離當處常湛然，覓即知君不可見。這輩子寶物看太多，小小漣漪之後還是回歸日常。

用銀盒裝檀香，如金似玉，更顯顏色；我用銅爐燒香，銅具輕磕有金石聲，銅爐降溫，燒更慢，煙小到看不見，是環保好物，鼻子只有湊近香爐口，才能聞香，令我想起麝香豬；小銀球中有半球型小碗，放點香粉，點燃後，煙很美，香很猛，因為幾乎無隔，想是公子小姐們的隨身香。

香具進階，增添情致，我知道我不會好了，但也可能落到底就好了。

棋楠

《紅樓》中，北靜王送寶玉一棋楠手串，寶玉拿回獻給黛玉，惹來她一肚子氣。學生問手串有什麼珍貴的，拿來給黛玉獻寶？

棋楠有多珍貴？現在是有錢也難買到，在產地，它就是油較多的沉香，到底要到什麼程度才叫棋楠，也沒人說得準。有些商人叫棋楠的，也是主觀認定。

我在十幾年前剛買香材時，見到老闆脖子上掛著一顆鴿蛋大小的黃油木頭，他說這是棋楠，不賣的，要賣也不知如何開價，那時想，還好我不收香材。

現在收點香材，剛開始不會分辨產區，只聞香氣，我偏愛薄荷香帶絲絲涼氣，有次在服飾店中的珠寶櫃，看到一串，老闆是店家的兒子，才二十歲，已是老江湖，從小在玉市混，什麼都買，這串手珠是幾年前跟叔叔伯伯買的，說是達拉干沉香，開價兩萬五。看他那張還未長全的娃娃臉覺得有趣，我開始玩古董只比他大幾歲。

我不買我不懂的東西。

好東西耶，我都捨不得賣。

不懂行情，你價格這麼硬。

我一分錢也沒賺你，我在這裡純粹好玩，有些財大氣粗的大嬸跟我亂開價，我東西全部收起來。

脾氣這麼大還敢作生意，我真的是不懂，只是看你這麼小作生意覺得好玩。真的一分錢都不能少？

賠錢幹嘛賣，好東西耶。

等我作完功課再來。

過一陣子逛街又碰到他，價格少了五千，沉香的手珠價差很大，但沒有便宜的，能做手珠的材料要特別大，散的就便宜，次的才磨粉。達拉干、芽莊、汶萊算是一級產區，香材味道淡薄，有的偏果香，有的偏嗆辣，有的涼甜，燒時香氣最盛，但香材這麼貴，誰會燒

香，使人心靜。

它？

棋楠聽說有三段香，頭香、中段、尾香，跟茶一樣，果香、薄荷香、人參香兼具，而且香材本身都是香油，香氣天然，不燒也香，因此昂貴。

沉香越能沉水越好，表示結香越多，因此有三分沉、七分沉、十分沉之分，把我的手珠放水池，只有兩分沉，這小伙子是不懂還是誆人呢？

不過香氣很好，每讀書寫字休息時，拿來聞，一陣清涼，我能瞭解為何這麼多人迷沉香。清涼不就是修心的最高境界。

買東西就怕追高，收藏幾十年的經驗告訴我，好東西自己會找主人，不用人去找。

手珠算是我的入門課本，香材看來複雜，其實以前都叫惠安香，因為惠安是大集中地，現在分印尼、星洲、惠安——香有生結、熟結、土沉，水沉，蟻咬、蟲咬、倒架之分——生結是沉香樹上有一塊被蟲咬而結香，採香只取活樹的一部分，大部分是人工栽培；熟結是樹已枯死，整棵樹被蟲咬，通常呈枯樹狀，顏色較深；土沉是枯樹埋進土中，與土結合，因此呈紅色，有土味；水沉掉進水坑或泥沼，產生重大變化；蟻咬有蜜香；蟲咬有坑洞；倒架是枯乾斷落，受風吹雨打，結構更複雜。

聽說頂級棋楠，焚與薰時，香氣能讓人心靜，香不只是物質，它也是強大的氣場，至於有些誇張的說法，說它能打通百會與湧泉，達到天人合一物我兩忘的玄妙之境，這沒有人能驗證，然香為修行之寶，大約說得通。有次在松菸誠品等朋友，裡面有家專業香鋪，問有棋楠嗎？店員說這裡沒有，總店有，可以立即送來，等了許久，把店裡所有的寶物都看一遍。最好的手珠一百多萬，一般的吊飾幾萬，雕的都很複雜還有珠寶為飾，真正好的東西不需穿金戴玉。不知還要不要等，剛下了一場大雨，送貨先生被雨困住，正要走，棋楠來了，一共有三塊，油厚蟲咬的痕跡明顯，聞來有淡淡的薄荷涼香，跟我的手串相近，價差很多，十克左右，約三十幾萬到四十幾萬不等，十克就跟小拇指頭差不多；還帶了些肉棋楠，顏色較深，價格比棋楠低些。

回想在故宮看到的棋楠手串，每顆都鑲黃金製的佛字，裝的錫盒上寫著「正土茄楠香十八子」，相比之下這三塊寒酸多了，我也還不懂棋楠，花快一部車的錢買一小塊棋楠，瘋了！最後挑了一塊老惠安紅土沉、只有兩片口香糖大小，串著翡翠與珊瑚珠子，頗有帝王氣。還帶了臥香與黑檀木香盒，香器都很雅致，這個坑比茶大多了。

此後送人禮物都是香器，跟大學同學貞吟見面，三十幾年前我們在政大畢業典禮上合照過，算是中文系少數有講過話的朋友。秀雅的她一直在學界，音問稀少，這麼久不見，還是講了一些知心話，我送她惠安線香組，她當晚立即拍點香的照片來，我回她「一寸心香慰寂寥」，她說謝謝。這是我的第二個因香結緣的香客。

為了更進一步瞭解香材，特地去一趟玉市，逛了一圈，發現賣香材的主特別不實誠，氣質也不好，連賣舊貨或水晶的都比不上。

玉市龍蛇雜處，有正當經營的大店家，也有那賣二手的當當，那老頭特別賊，生意卻一直好，自然是景氣不好，求售的人多；連法蘭克都變了，說是以物易物，不拿你的錢，可他一只勞力士收五千，然後賣次之又次的珠寶，唉！

反正我與這些金銀珠寶都絕緣，玩香之後，物欲又更低，早一篆香晚一篆香，哪裡都不想去。

在最偏僻的地方看到一印尼人與台灣手珠商合攤，這位置靠廁所，味道特差，想必攤租也低。印尼人的貨我看不懂，價格超便宜，手串一千，汶萊的只要幾百，項鍊三四千，這是產地價吧？還是假貨次貨？印尼人能說普通話，口音很重，想必不簡單，看來不像被僱的外勞，比台灣商要實誠些，我拿了一個印章，很沉，他說十分沉，好貨，我沒怎麼考慮就入手了。

十分沉的沉香本就少見，品相又美，聞來是甜香，不久將到馬來西亞，那才是我作功課的開始。

至於能否找到棋楠，就看緣分吧！

焚香通過嗅覺來抵達美，燃香後，煙氣從爐蓋的漏孔中緩緩逸出，欣賞煙的千變萬化，讓人感受沉靜之美，卻無以言說，此中有禪意。明人冒辟疆曾回憶與董小宛曾經有過的黃金時光，「姬與余每靜坐香閣，細品名香。」更有那李清照：

寒日蕭蕭上鎖窗，
梧桐應恨夜來霜。
酒闌更喜團茶苦，
夢斷偏宜瑞腦香。

酒與茶與香相連，瑞腦即冰片，燒來刺鼻，也有醒腦的作用，那個曾經相對焚香的人到哪去了，透過嗅覺銜接視覺訴說情感，那是芳香的密教了。

香的國度

一路向北，在靠近怡保之山區，我們走進一整個山頭的沉香林，焚香這麼久才見到本尊，沉香樹上有球狀白斑，樹幹細細長長，成長緩慢，十年也不過一掌粗，葉子芳香如花，開花為黃綠色，花比葉香，可以說整棵樹都是香的，也都能入藥，它是天然芳香劑，林中蚊蠅絕跡，佛經誦贊的香華寶樹就是如此吧「一切華樹雨華如雲布散其地。香樹芬馨普熏十方。鬘樹垂鬘寶樹雨寶遍布莊嚴。眾寶衣樹彌覆一切。」以前以為是誇飾法，原來是寫實。

在赤道經過的地方，至熱之人間火宅，非洲、南美洲不產，印尼及鄰近的汶萊、越南、柬埔寨、馬來西亞都出產上好的沉香，分為惠安系與星洲系，我常燒的惠安紅土、加里曼丹，都是出自這裡，然而這裡的人焚不起沉香，對它瞭解也不多，它已經是保育樹木，沉香樹要能產沉香，要數十年，百年以上，經過蟲害、雷劈，摧折，浸水，因受創而擠壓出結香，跟珍珠的形成有點類似，是一種傷害，反轉、異變，以至痛換來至香。

愛有時不也如此？

我看見雨客亦花客從沉香林那一頭走來，他邊走邊採沉香葉聞香，我向他招手，他當沒看見，不久他走近我，站在山頭看那一大片沉香林，我也面向他看的地方，兩人並立著保持沉香樹的距離。

「你在看什麼呢？」我忍不住問。

「你不覺得這裡太乾淨太涼爽嗎？我聽見樹木在呻吟，樹皮上的白斑是病蟲害，是人為的，不久它們會因蟲咬而結香。」

「是嗎？我覺得它們真美，細細弱弱的，跟竹林一般美。都說竹是君子，那沉香是美人。」

「別相信你的肉眼，那只能看到表象，這裡將是樹的墳場，人愛香，蟲子更愛，滿樹的蟲將吃掉它們。」

「沉香樹的存在不就為了結香？」

「那是從人貪取的觀點來看，不結香就不是沉香樹，或者沒有價值的木材？不，它們的花葉很香，可以製茶，一棵健康的沉香可以長到像神木一般巨大，它一直在跟風雨火雷病蟲對抗，它並不想結香，那是它們的精魂，血中之血，肉中之肉，也是死亡的象徵。你為何到這裡？到這創傷之地？」

「為了遺忘，停止愛。」

「你只是逃避自己。」

「我已年老，不宜再愛。」

「事實上你在害怕愛，逃避愛。」

「沒有人會愛上年老的浮士德，除了跟魔鬼交易。」

「你已跟魔鬼交易，你卻不知，你用自己的生命典當，而你不願交出命來，卻逃到這裡，你眼已瞎心已盲，當愛逝去，你已無法活，因此你會走向衰敗破爛，死亡腐朽之地。」

「告訴我，如何死？我不怕死，更怕瘋狂。」

「有一種死叫死在生中，有一種生叫生在死中，如同沉香。」

「但願我是。」

我們變得更沉默，同立於山頭，直到晚霞如野火燒林。

貓客

木蘭夜色

五月是個神奇的月分，木蘭花開，在白天盛大如蓮池；夜晚如白色的鬼燈，人生有多種面向，我們的訴說如何再一次訴說，而不重複，如同年年花開不同，朵朵的姿態分殊。

讓我來訴說一個相尋的故事，想尋到的，以及尋不到的，還有終究是徒然的。

九〇年代愛貓的人跟現在比相對少，遇上第一個愛貓的男人，半個隱士半個色魔，我老會遇上渣男，自己的問題較多，自尊心低落，不敢喜歡條件好的男人，也覺得他們不會喜歡我。

男人養一隻黑貓，還為牠寫詩，雖然我並未看過那隻貓。

第二個愛貓的男人是兒客，從小就央求養隻寵物，十八歲終於領養一隻白色金吉拉。

第三個男人是個尼特族學生，在路邊撿到奄奄一息的流浪貓，鐵筋插過牠的腹部，急救後，子宮、腎臟都有問題，走路一拐一拐，經常性地漏尿，通常是在他床上。

通過他，才知道千萬不要買貓，不要把貓當定情物或禮物，被棄的流浪貓都是這樣來的，你可以寵牠但牠們不是物品。

牠們的靈性高，主人要出門，會霸在行李箱上，被丟在家幾天會憂鬱，常常牠們覺得自己是人，會嘰哩咕嚕想學人講話。

第四個養貓男人是男同志學生，買了一隻美國短毛貓送給男友當定情物，不久分手，以看了傷心為由託我幫他養。

這隻貓精力旺盛，熱情如狗，可能一直被抱著，只要我稍有坐下的情態，馬上跳進我懷裡，甩都甩不掉，一跳上書櫃，二跳上屋梁，桌上的東西都掃下來，這哪是寵物貓，比流浪貓還野。

流浪貓有種自卑，很會看主人臉色，來時凶暴，慢慢懂得人的心意，這時牠會慢慢接近你，但不是跳進你懷裡，而是窩在離你很近的地方觀察你。他們因在街頭混過，很有地盤的觀念，不能被抱，也不能靠太近。

如果有先來的貓，牠絕不敢搶先，跟著吃，走路也走後頭，偶爾遭排擠，逆來順受。

牠覺得自己就是你，能講你的語言，懂你的心思。

那隻被寵壞而且沒教過的貓，不知如何應對，養一陣子就退回了。

兒客要去當兵，將金吉拉交我養，因之前美國短毛貓的挫敗經驗，覺得養不了貓。

沒想到牠出奇地乖，從不跳上桌，也不偷喝你杯子的水，知道我不愛與貓睡，牠睡門口，整天安安靜靜，也不亂舔，有時過來放輕聲叫「媽」，我常因此噗哧發笑。摸牠幾下，牠就滿足離去。

牠從小跟兒子睡，連便便都幫牠洗屁股，格外愛乾淨，有次我出門，牠大概太無聊，掉進馬桶，看到我時垂頭喪氣，全身濕漉漉，帶牠去鄰近的獸醫院洗澡，這家很馬虎，洗完毛還是塌塌的，顏色死灰，金吉拉最漂亮就是白茸茸的毛，牠也知道自己變醜，一直躲著悶悶不樂，直到送牠回固定的獸醫那邊整理，牠才恢復正常。

我常想貓是否有第三隻眼，能看見自己，也能看見我們看不見的。

幼時在鄉下，深怕到靠河岸的林子，那上面吊著貓的屍體。

貓有九命，大概也是獵巫的概念才需要如此惡毒對待。

貓的靈性可能特別高，才讓人如此懼怕。

芙蘿拉改變我對貓的偏見，以前我愛狗多一些，現在覺得牠們是不同層次。狗忠心熱情，但不會騎到主人頭上，甘心為奴為友；貓能知你心，但不為知己，一定要騎在你頭上，讓你甘心為奴。

我罵牠時，牠會回嘴，說「不要！」牠覺得自己就是你，能講你的語言，懂你的心思。

對狗的愛是雙向的，那是恩愛，對貓的愛只能是單向的，牠記不住你！

只要有客人來，牠完全變成一隻不一樣的貓，跑來跑去，躺在地上把肚子翻出來，毫不羞恥地鑽進別人懷裡，其活潑好動，彷彿平日的文靜是裝出來的。

叫牠也是不應的，裝出完全不認識你的樣子。

我們好不容易建立的感情，是一種接近平等的關係，牠不用過度取悅我，我也不用為牠改變太多，一直到發生那件事。

鄰家養了寵物貓被放生，是隻茶色的混血公貓，常在我家周圍繞，在發春期，一天夜裡公貓打開窗戶闖進我家，我被打架聲與東西掉落聲吵醒，黑暗中把公貓趕走，並關緊窗戶。

芙蘿拉不知何時出窗戶跑到外面，等早上檢查窗戶時，牠蜷縮在窗戶與鐵窗之間，我嚇壞了，牠從未到外面過，居然被我關在窗外。

打開窗戶，牠進來時用牠的手掌打了我的手背，這個動作有指責有委屈有憤怒。

好幾天我在自責中，牠在沮喪中，又把自己藏到櫃子下。

我到鄰家理論，他們只淡淡地說貓結紮了。

我的貓被強暴欺侮，居然得到的回應是這樣，令人失望，芙蘿拉不只是貓，牠比人有靈性，我卻沒有好好保護牠。

公貓隨時會闖進來欺侮牠，在貓界，牠是容易被打敗的弱者，嬌生慣養，溫文可愛，這環境對牠不利。

等兒客生活安定，我決意要送還他，他已過寵物期，但自己的貓自己負責，結果他的女友更愛牠、自己做飯給牠吃，說這樣會活得久些，

牠已十四歲，是隻老貓了。

去看兒客時，芙蘿拉看到我就跑，牠已認不得我。

貓的記憶短，這樣牠更快忘記傷痛，牠是快樂的，應該是快樂的。

宛如兒女

妳看見的不是真的，是幻覺。

芙蘿拉後五年，遇見正在流浪中，養著白貓的莫莉。

花客曾說莫莉跟七里香林有關，那是她的來處，起初盛大濃烈，香有七里，但只能存在七個七日，因香是短暫的，你只能把握每一刻。這裡最適合養七里香，最高的樹比桂花還高大，樹幹也粗，它是喬木來著，後院一大片這樣的七里香林，我把它們當寶貝藏著，那裡住著幾隻黑貓，逐香的墨色貓。

年深日久，莫莉隨著七里香來到，她也是跟蹤花客亦雨客來的。

莫莉五官立體的臉孔有著混血美，鼻子高挺，愛唱歌跳舞演戲，有天分也有星味，像這種長相出色的女孩，很容易讓人有距離感，但她甜甜的笑很有親和力，很討人喜歡。

第一次在七里香林遇見她，她穿著有荷葉邊的白色棉布長洋裝，抱著隻白貓，她站在那裡像初開的百合，有著淡淡光輝，聽說花初開時會放光，海地有些魚會發出閃爍光輝，那時我想著，這麼美好的女子，將有如何光燦的日子。

她尾隨在我後面，說讓我到你家玩，你家有茶有香，還有貓，我可喜歡貓了，如果可以的話我唱歌給你聽。

她一點也不怕生，就在我的客廳中又唱又跳，說真的很吸引人，但我周圍太多這樣漂亮的孩子，並沒有經過挑選，一個比一個漂亮，一個比一個會寫。

另一種是長得普通卻很怪的異人，這種也很會寫。

「你寫作嗎，來我這裡要會寫的。」

「我寫得不好，但我喜歡你啊！」

「我不需要太多喜歡。」

從此她消失一陣子，一直到我跌倒挫傷，養傷一個多月，她常常來，偷偷地帶來一些菜，做好飯菜，又悄悄離去。

等我傷好些，留她一起吃飯，她開心坐下，說說笑笑，一天過一天，我捨不得她走，走了想她，這輩子就想要一個這樣的女兒。

她跟白貓住進來，寫作班聚會時，她坐在旁邊聽，有時貓吵，她抱到後院去散步。

貓客一直在偷偷看她。

寫散文的貓客，跟世界隔著一層薄膜，許多人把他當宅男、媽寶、書呆子。

我看到的是他有過人的靈氣與悟性，是屬於生活白癡的天才，他不會做，只因沒機會做，學習能力強。

他看來有點像小雨客，帶著亞斯密碼的天使。我無法不特別注意與照顧他。

是內在與外在有極大反差的人啊！是那種心如烈燄，臉有癡相的今之古人。

與人溝通，慢兩拍，跟熟的人講話，思緒反應快如閃電，是極聰明的人，是張愛玲說胡蘭成敲頭敲腦的聰明。

陪貓玩後，我們仨會聊一下，從短短幾句，到過午夜，莫莉會回到她的香中，只剩我與貓客。

他在自己的地界是出入有車的富二代，來到異地，不管條件如何優越，還是在邊緣，融不進這裡的生活。

在對岸交往的對象都是超級美女，在這裡連普通女孩都難接受他。因香港的關係，兩岸關係越來越緊張，台生與陸生儘管感情深厚，心的距離很難跨越。移動者是自動的他者，越移動越被隔離，流浪貓是被動的他者，他們或許代代流浪，卻仍受人類的驅趕與凌虐。

貓客愛上莫莉，流浪者愛上流浪貓守護者，白貓是他們愛的見證，他們合養自稱為爸媽。我們曾經有一段甜美而神祕的時光，莫莉是為愛而來的，愛讓她變得更美更亮，我也擁有溫馨的家庭生活，一起做飯、吃飯、泡茶、聊天、焚香，我覺得不踏實，總想到他是小雨客嗎？而莫莉能夠停留多久？以前她能留半日半夜，現在時間越來越短，有時焚完一篆香，她就不見了。

「莫莉多留一下，別走。」貓客說。

「明天我會再來的，貓會陪你。」

「只有貓。」

「還有我的心。」

「你是真實存在嗎？我總抓不到你。」

「你能撐過七個七日，我會真實存在。」

「我想給你們一個家。」他說出跟小雨客一樣的話。

那時他們確實熱烈相愛著，相愛不過一個春天，隨著莫莉出現的時間越來越短，他轉而追求另一個外籍女生，同是移居者，同樣的他者是否為更好的選擇？

那外籍女生選擇的是台灣男生，因她想留在台灣。

我為貓客感到悲涼，但他真的是喜歡白貓。

他還為白貓寫文章，白貓也喜歡他，只要他靠近大門，就能辨別他的聲音。

當貓客堅持跟那女子一起回她家時，我們發生衝突。那個外籍女生已有男友卻邀貓客回她海島的家，一起穿泳裝逐浪，他好不容易平靜的心又起波瀾，那女孩存心勾引，但不會真正接受他，他雖一再保證不會喜歡她，但放著貓一個禮拜，寧願牠去住寵物店，也一心要去旅行。莫莉哭著對我說：

「他說他愛我，現在他就要跟她走了，我求他別去，他不聽，我心都碎了。」

我勸貓客別去，他不聽，我說不同心則不能同行，他穿著花襯衫與墨鏡走了。

莫莉一直躺在床上哭，我也覺得心慌，愛是如此易變。我質問貓客：

「是你說愛的。」

「我是愛她，但我喜歡另一個她，喜歡是無法控制的。」

負心是真心的相反，背叛是忠誠的相反，地獄是天堂的相反，分手是凌遲的過程。

有一天莫莉走了，她又回到香的世界，留下白貓。

旅途中發生了什麼不知道。但貓客沒有來看貓，貓是我帶回來的，我心都涼了，他的心中根本沒有貓。

我們起始為莫莉與貓起衝突，吵了一整個夏天，後來香港的反送中事件爆發，以血滾動的仇恨越滾越大，它也催化著我與貓客的裂痕，到秋天已是水火不容。

我對陸生一向特別照顧，因為他們是少數，是在邊緣的移動者。但他們開始撕毀連儂牆時，我們已然站在對立面。

貓客最後把貓送走了，他曾經努力想成為愛貓的人，這些都因傾城之戰而變得越來越遙遠。

貓客也感覺自己還是外人，思考著回到自己的故鄉。

現在房子回復過往的清靜，沒有貓，沒有雨客、花客、小雨客、兒客、貓客，偶爾有些茶客、香客，沒有貓毛與貓糞，房子乾淨多了。

也許人與人的遇合只宜茶宜香，因它們都短暫乾淨，彷彿是進行消毒，把情欲殺得只剩一縷碧煙；或者情感也只宜入一盆篆香，拓時全心全意，燒時芳香薰人，然一切都會成灰，心灰也是灰，那是完全燃燒後的空無。

不存在的共通體

關閉的房間裡由始至終蘊涵著死亡的意味：一種尚未降臨的愛從一開始就是不可能的……一種從未到場的生命遭到離棄——受阻的愛情，受阻的愛之純粹運動。——布朗肖

因為一隻貓闖進生活，我擁有接近家庭的生活，貓客天天來看貓，跟牠玩一陣之後，我們或一起出去吃宵夜，或者看電影，把院線新片都看遍，也把能吃的美食都吃光，他有一種狂熱，就是全心全力地玩，全心全力地愛，這個小瘋子，沉浸在快樂時，像貪心的小野

貓，跟我年輕時很像，他像是我的倒影，而現在的我是影子的影子，罔兩。

影子與罔兩的關係無法解說，當他們對話時，是話自己在說，或是我替你說，你替我說。

影子有手有腳，會行動，罔兩是空氣，無形無體。

能活出界限，是如何自由與歡喜。

可所有的自由與歡喜都不是恆常的，當界限與定義出現時，影子自斃，罔兩歸於空無。

如果沒有那隻貓，這些都不會發生，我們跟隨著貓進入異次元空間，進行著影子與罔兩的對話。

因為那隻貓，貓客願意為愛賭上一切，愛上一個少女，形成一個恆定的三人世界，我們中間必須夾著一個少女。

影子與罔兩是因人（少女）而存在的。

但少女是誰，誰願意當人。

沒有那個人，影子與罔兩自然是要瓦解的。
我們陷入無止盡的爭吵，比賽誰更會傷害對方。
我是他的地獄，他是我的死所。
夜晚是個神祕的通道，也是個埋葬的穴道。
沒有人，影子與罔兩是沒有歸所的。
影子愛罔兩嗎？
他們是一體的，是虛無的存在。

影子，我想對你傾訴你這次的旅行，因你也在旅行中，在各自的時空，有著時差，年齡差，我們卻無時無刻不在傳訊息或拍照傳給對方，在失去網路時感到焦慮恐慌，因此所有的移動都變成你我的對話紀錄，如在維也納或喀拉克夫，每天天未亮因時差醒來，長長的對話談的都與旅行無關，你或在外奔走，或在旅店休息，我們的對話持續著，「你的喜歡是易變，那我何必在意，哪天你與我也變了？」你在地球的另一端回覆：「我的喜歡不是易變的。」一於感情的討論綿綿不絕，最多僅止於此，網路發生的情感無邊無際，也像是漫長的旅行，或是一場候鳥的遷徙，朝著相同的方向前進，盲目卻固執地相依傍。

忘年知己，有時像母子，更多時候是師生。我說能瞭解李鴻章跟張佩綸的知己之情，他的二兒子孝恭淡泊多情多才，他鍾愛的孝子，並無意於名利與官場。張佩綸也是孝順的才子，失意於官場，李晚年得此愛婿，他更有才，更淡泊。我可以想像他們的書信往來頻繁，情意綿長，貶謫結束之後，納於幕下，朝夕相處，忘年知己，有時像父子，更多時候是師生，於是他把最愛的女兒嫁給他，不顧妻子的反對與他人的議論，只因他們想更像自己人，一家人。

他們的相遇勢必要完成一些什麼，不僅以結親為盟誓，讓一個大家族看似走了下坡，其實是為創造更浪漫的基因，成就一樁又一樁才子佳人的神話，從清末延續至民初，從民初又連演至世紀末，一百多年的長情，化為千年之嘆。

看似衰亡敗亂之年，於乾枯苦澀之地，開出一朵朵虛幻鬼魅之花。

你從另一個國度來，讀了三年外文系，還未來修我的課之前，有次在電梯中相遇，金頭髮，像混血模特兒的長相，像走錯地方或時空錯置，你的眼神飄忽，讓我覺得輕浮，在你拿到校內文學獎頒獎典禮上，我走到你身邊，說喜歡你的文章，看出你的起點不低，並鼓勵你寫作，此後無下文；隔年來到我的創作課，已是四年級。你寄來一則又一則作品，總在課後的疲憊黃昏，聊作品時間超過睡覺時間，打破多年來課後不與人社交聊天的原則。

你的文章越寫越好，剛開始以為是矇到的，只有在完成一篇長篇後，確認你的文才。見到莫莉，你失神地說：「天哪！莫莉好美。」我說：「你這是見色起意吧？」「雖然是肉眼所見，她的美麗與你的喜愛不會是假的吧？」你回答。

那之後我們有了交集，因為莫莉，我們密集的聊天，討論的是這所有無法落實的感情，如何延續，如何像家人般長相左右。

真愛是什麼？我早已不想探問，而你剛結束一場家庭反對的戀愛，為了阻止你們，跟蹤、偷拍、檢查手機、吵架，熬了兩年，卻因越走越遠自己分手，你們之間曾有炙熱的愛，少時的初戀如山洪爆發，兩年恰恰是一個青春叛逆期。

你說你像尤里西斯，被迫離開家庭、深愛的女子，浪遊到這遺忘小島，然而誰是那令人流連忘返的女妖呢？

情感如大海中的禁區，我們偶爾不小心闖入，那是個充滿礁岩與熱帶魚、珊瑚礁的危險地帶，我們是何時闖入這禁區呢？情起於哪一點？那晚我們用屬於自己的亞斯密語，不點破，直指心，只說自己當下的感覺：

「你是小雨客嗎？」

「你害怕嗎？」

「剛開始很害怕，現在好一些，我們曾經彼此傷害，封閉彼此，沒想你來了，你害怕嗎？」

「剛開始不，但現在感到害怕。」

「你的害怕是不能長久？」

「很難長久的。」我不確定我們說的是否是同一件事。

「還有更害怕的吧？」你的眼光灼灼看著我。

「你是小雨客嗎？」

「我是約書亞。」

「帶領以色列人到迦南地的約書亞？你說話的樣子好像我的老師，他常說要帶我們走向迦南地。」

「你曾背叛我，如何又來呢。」
「我必須寄居在黑暗中。」
「將它放在一個只屬於兩個人的純粹空間。」
「我是個心靈很老的人，能夠接受許多事情，我相信那個空間的存在。」
「單身十幾年，我已清空欲望，心是純潔的，你也說我不存在。」
「那為什麼把莫莉拉進來？」
「她是我們的聯結點，也是解套的方法。我要給你們一個家，我們三人組成的家。」
「非要她不可？」
「她像另一個我，會懂你的，也會相信我們之間的密語。」

我們講的是否是同一件事已不重要，重要的是什麼話都能說，愛無始無終，我們只是兩條小魚，偶爾游進禁區，只要不被迷惑，就能自由進出。我忘了你只是個孩子，你連自己在說什麼也不知道，如同附生於網路的另一種性格，問題是為什麼我會相信。

是啊，為什麼我會相信？

第二天我們都不敢見彼此，但又擔憂著彼此，再見時你一臉迷茫，閃躲著我視線，悠悠地說「我的靈魂還未醒來」，所謂的自由也許只是幻想，你可能因此害怕而退縮，我也會因羞愧而淡出，一切因醒悟而終止。

你一再地說：「因為你的不安，更不能在此刻離開。」

「你說話的樣子，好像我的老師。」

「也許前輩子，我真是你老師。」

「啊，老師曾說今生只有恩慈，希望我能在未來追求恩愛，因為恩慈成聖，恩愛成癡，癡而至於癡絕，才有美在其中。難道你是應這許諾而來嗎？」

「基督徒不相信來世，也有可能是復活的另一種形式。如此一切都講得通了。」

「誰有如此大能？我們的生命都被某種大能框架好了？我一生追求恩愛而不可得，只有無盡地付出，恩慈是單向的，恩愛必須是雙向的。也許必須付出長久恩慈，才能得到恩愛？」

「我們之間就是恩愛，我是來還你恩愛，因為我們是雙向的。但恩愛不限於愛情，只要是雙向的就有恩愛，也有美在其中。」

真愛是全心投入，且有天意在其中，像命運的自我揭露，讓人無法抗拒。

為什麼我會相信，這才是關鍵。布朗肖說：

共通體不是共同體，它恰恰不是「同」，而是「異」，是「同」的解構，「異」之間對共通之迫求。因此，它無法形成統一體，卻在誕生一刻就注定終要淹沒消散，由始至終與死亡糾纏不清。

我們身上都存在著客體，也就是陰影或副人格，他們不一定是魔鬼，但更狂放不實：你的副人格，或者說客體寄生在我身上，同樣，我的副人格也寄生在你身上，如此形成的純精神共通體，不是因為相同而附身，恰恰是因為相異，因此衝突是必然的，而且將越演越烈。

愛像被鬼纏身，共通只是個幻覺，糾纏時痛苦，放下時，才知你非你，我非我，恢復自由。

當你為故宮將〈祭姪帖〉送至日本展覽而憤怒，我說台灣人不是不懂不惜文物，而是國寶的交流不僅可以展現文化優勢，也可以贏來弱國的外交，是不得不如此之策，你說為何偏偏是日本，它是我們有著血海深仇的敵國啊！無法忍受台灣媚日；我說當年派去中國打仗的軍閥與日兵，跟派來台灣的日本人有些不同，他們欲建設台灣為新天堂，派來許多優秀的人材，尤其在武力征服之後，只有通過良民證的考核才能來台，他們之中有些是專制的統治者，有一些是對台灣友善的日本人，一國之人有優有劣，當年如果元兵滅了日本，燒殺擄掠更勝，大陸的文革、六四的鎮壓，不也凶殘。台灣一直是弱國，不能作自己，好不容易走出威權統治，進入公民社會，怎會想走回頭路？

這種事是沒有共識的吧？如同西藏與香港，想作自己的主人，如此困難？你說是，這些是無法商量的。

然而基督徒在中國受迫害，你家三代是教徒，痛恨文革與毛澤東，你父才將你往外送，分數可進一流大學，你卻選擇來這間排不上名的基督教大學，你能說不是另一種叛逃？

我也開始將古物的心得與你分享，台灣人很會玩，在日據時代玩相機、書畫、劍道、茶道與花道。戰後玩賽鴿、蘭花，經濟起飛後玩古董、書法、印石、篆刻、茶藝……早在我之前，許多玩古文物的前輩寫了許多書，或將藏品送給故宮，我是沿著他們的足跡一路走來，台灣人懂得美懂得品味，而每當一級文物出國時，總會有許多人抗議，許多年前汝窯到大都會博物館展出，抗議的聲音還上了頭條版面，那時候的你，不知還在哪裡？再說台灣的文物，大陸急什麼呢？除了〈祭姪帖〉，一般大陸人還知道什麼？

你說大陸要玩就要玩最好的，車要法拉利，手機要愛鳳11，鐲子要放光玻璃種，公仔要鋼鐵模型、衣服要大名牌無Logo，房子要豪宅，我說我已經不玩了，我的錢都花在文物上，將來要捐出，我自己住學校宿舍、騎摩托車，吃學校餐廳、旅行以公差為多，我不是不能過得富足些，而是由奢入儉，更喜歡簡樸的生活。

傳了幾張我收藏的東西，你說原來你懂文物，教給我吧！我想懂它們。

我與你夢想的未來，是我們三人共組的未來，像李鴻章與張佩綸、李菊藕那樣的曠世奇緣。

這一切都有神的安排嗎？當海枯石爛，天火四起，世界並非一無所有，還有沙丘與鹽粒，這是最後的恩典。

當我歐遊去參觀地底的鹽礦與教堂，想像古代的波蘭地區，鹽等於貨幣，這巨大的鹽礦讓城市富有與繁華。最先開發岩鹽的人，很有可能是在打深鹽井時發現了岩鹽，並在通過蒐集鹽滷水，加熱蒸發時製造成功，地底的滷綠中帶著螢光，如同一塊巨大的祖母綠。我在鹽礦中想像古老且敗德的索多瑪的毀滅。

當耶和華決定毀滅索多瑪與蛾摩拉時，亞伯拉罕向他求情，耶和華允諾，若在城中能找到十個義人，他就不毀那城。結果，耶和華派的兩位天使去尋找，稱得上義人的只有羅德一家，天使警告羅德到山上避難，逃難時切不可回頭看，結果羅德的妻不遵神諭回頭看了一眼，轉眼化作鹽柱。

鹽中有神諭，也有罪與罰。

早在《聖經》的年代，就有鹽柱與滷水，人類使用鹽的歷史如此悠久，它代表的卻是忠貞與潔淨的象徵。耶穌讓門徒們在道德敗壞的世界保留正直，他說：「你們裡面要有鹽，與彼此和平相處。」

被天火所焚毀的索多瑪及蛾摩拉兩個城市，遍地有硫磺，有鹽鹵，有火跡，卻沒有耕種，沒有出產，連草都長不出。在古代兩河流域，鹽也有軍事用途。當軍隊毀滅一座城市後，古代亞述人和西台人會在城市裡撒鹽，以表達詛咒這裡的土地變貧瘠。

岩鹽是可見的，天然的，粗糙的，可能是較早的鹽，海鹽是不可見的，卻更純淨，將人類帶進細鹽的時代。在十六世紀，維利奇卡鹽礦成為當時歐洲最為重要的商業之一，支撐起一個龐大的波蘭—立陶宛聯邦。當德國把海鹽帶進歐洲，波蘭經濟受到嚴重打擊。海鹽戰勝岩鹽。

在地底鹽的教堂，耶穌與聖母雕像發出褐糖霜的光澤，曾讓千萬人仰望膜拜，以鹽建造的城市，說明城市曾有的繁華與神聖。鹽在《奧義書》為真我的象徵，真我是肉眼看不見的，卻是無處不在，如同鹽在水中，能吃得出，卻看不見。如今鹽礦成聖殿，以它的宏偉讓人顫慄，這是什麼樣的神遇，其中有何旨意？

在地下失去網路約一小時多，出了鹽礦，飄小雪，我們走向街的那頭尋找咖啡與熱食，並找回網路，發了鹽的聖像給你，你回：「天哪！好莊嚴。」

小雨客，到底是哪場天火焚毀大海與岩石？我已不想記憶，只記得人們離開的身影，或是倉惶而逃：或是黯然遠離，最後連訊息也無，偶有沒頭沒腦的訊息，語詞乾竭，只有「抱歉」，抱歉什麼呢？當時相害相傷如此慘烈，大海枯乾變成鹽，愛枯乾了只有失憶。

記憶並非完全失去，它在D槽，而你另起C槽，當有一天他再度出現在你面前，用三言兩語說完前世今生，你加入自己的，當話語窮盡，彼此都覺遺憾已了，沉默化為長長的嘆息，大家都應該瀟灑走開，但你知道還有什麼，如針尖般戳破你的冷漠。

當愛成鹽，心苦難言，你遇見年輕的自己。他如大海般襲來，心與話語都還很甜。

你的心甜嘴甜，因在充滿愛的環境長大，媽媽用奇特的方式愛你，她把你當小情人，當眾親你，也要你當眾回親她。但你無法愛她，只記得她好幾次傷了你的心，最後你還是回親她，並甜甜地喊了一聲好聽的「媽媽」，因為你是天生的甜桃，如天使般帶來神的召喚。

你在孤獨中聽見神的召喚，那令你瘋狂的熱情可以燃燒一切，「我曾聽聞那人，如今真見了他。」你日日苦讀《聖經》，只為這世界欺騙了你，人的歷史一直有神，無神論者只是用他們的狂囂遮住一切。

日日我讀著《聖經》，這是偉大的史詩，神的傳記，以前讀佛經，說不能以七十二相見如來，《聖經》就描寫七十二相、七百二十相，我在佛中——也可解讀為我在神中，然佛教是自救，基督教是他救。

你送我十字架項鍊，大、中、小十字，代表聖父、聖母、聖子三位一體，它也象徵你、我、莫莉三人一體。

我算是有神論者嗎？出身佛教家庭，祖輩曾是廟公，家裡吃長齋，每月初一十五都要拜拜，祭拜儀式是生活之日常，在我還未聽聞那人時，地基主與床母是最親近的神，都是護衛土地與睡眠、生產的庶民之神。中元節要祭祀的神從裡到外，分別是地基主、床母，然後是大廳中的觀音與祖先、在外面走廊拜的是好兄弟，從早拜到晚，有時連拜好幾天，我常半夜被叫起來拜拜，一邊拿香跪倒，一邊打瞌睡。每當大拜拜時，各地神祇聚集，信眾匍匐哭喊祈求，偶有人爆衝想去撞神轎，這時有四大乩童護衛，他們有的拿狼牙棒，有的抛擲植有刺的鐵球，瘋狂地往背或肩鞭打，血花噴得老遠，讓人嚇得退散。我最怕這血肉四溢的場面，神以原始且凌厲的方式呈現，有一次乩童跳進我家，血幾乎濺到我身上，當時魂魄俱散，嚇得差點昏厥。

如此貼身且爆炸的神並未帶來任何天啟，那是人活在神鬼中，而無神無鬼示現。六歲開始上教堂，唱聖歌，讀主日學，它以非常寧靜平和的方式織進生活，我為神畫了一張圖，是獻給祂一顆血淋淋的心，那時的我，心中有神，且深信不疑。

之後，十六歲在陽明山的基督夏令營中，天天祈求上帝敲我心門，然而祂一直沒來。大一時熱愛齊克果與赫曼赫塞，卻不知他們是有神論者，我隨悉達多流浪至菩提樹下，他行容憔悴襤褸如乞丐，然他就要成道進入涅槃，卻無人知曉。

同時，我讀尼采、沙特等存在主義作品，他們深信上帝已死，在意識層接受無神，但在潛意識中恍惚有神。在耕莘寫作班期間，我開始寫作，卻聽見神的呼喚，祂讓我因激情而顫慄，在恍惚中看到祂的手指向一個未知之處。

從原始神到格位神，之後走向佛的超越神與非神，我較接近後者，相信靈明與梵天。人在神中，神在人中。

然神也在生活中，如禪的拈花微笑，劈柴燒茶，靈明創造一切，美是創造亦是實踐，它是花是雨，是茶亦是香，最終歸向寂滅。

妹妹多年來讀遍宗教與哲學書，在文字中得到天啟，當我問她家族性的亞斯遺傳，她說：

啊，我悟道了耶，所謂的道就是天人合一的境界，有浩然之氣，於是不憂不懼不惑。當然不到不食人間煙火的地步，總是還有家累嘛，還得煮飯。

亞斯也沒什麼不好呀，古今的聖賢哲人多少都有異於常人的基因遺傳，能獨當一面的精神領袖，如摩西、聖保羅、穆罕默德、喬德摩、尼采、梭羅，面臨嚴重的精神危機，處在身心崩潰的邊緣，我覺得是亞斯天生的專注和洞察力讓他們開了竅，進而窺探到生命的真諦。所以，妳要有信心，愈是痛苦，愈有頓悟見真諦的可能。

逝水如斯，有聖賢氣質的亞斯，自會找到真正的自我。

偽約書亞，你假聖之名，背信忘義，將受天譴。
三自教會就是個統戰機構，以《習語錄》取代《聖經》。
我將歸還你送的十字項鍊。

麻六甲

不知走多久才到海邊，在海邊遇見雨客亦花客，他坐在綴滿花朵的三輪車中，往雞場街的方向走，我也叫了一輛跟著他走，那一代是峇峇與娘惹居住的地方，他們是鄭和五百名隨從的後代子孫，雨客亦花客坐在一間咖啡廳中，悠然地喝著自己帶來的茶，他跟我一樣喝不慣南洋茶與咖啡，像喝醬油；他在我面前擺了一只白瓷聞香杯一只柴燒茶杯。那家咖啡店是間老宅，狹長的街屋好幾進，最前面是中式廳堂，接著是天井，如噴泉般的熱帶植物有的從西式洋樓灑下，白色的木窗推開，又有大把爬藤垂掛，走道兩旁的雜花生樹像海浪捲到走道。你在一切綠中，那洋樓下的亭台中國式的，然而一點也不衝突，在第三進是廚房與小廂房，然後路變狹窄了，往後走是狹長的後花園。有種熟悉感讓人暖心，像是幼時古厝的老家擴大版，然又更中西混雜，更寬闊狹長，也許每個人的鄉愁裡都有一棟這樣的房子，眼前這棟更接近完美。

「你喜歡這裡，跟花客一樣。」

「你是雨客，花客哪裡去了？」

「她說愛太痛苦，她不愛了，走了！」

「你們不是合為一體了？」

「你以為愛這麼簡單，你知道我們經歷過的衝突與折磨嗎？」

「不就是她追著你直到天涯海角，你逃無可逃？」

「為了躲避她，我自殺九次，落髮一次，好幾次爭吵互毆，她還想拿斧頭劈我，我說我就是與愛無緣的病人，她說她是沒愛會死的瘋子，每一次都是她把我從瀕死中救回，我說我這麼爛，有誰比我更醜態盡出，她從未放棄。有一天，我們走進這屋子，她說好像來過一樣，跑上跑下，這屋子最能藏人，她躲我找，然後午後的熱帶雨將我們淋濕，我們在泥地中滑倒翻滾，在雷電閃閃中，我們都忘了自己是誰，也許就在那刻，我們合為一體，或者是雷雨過後，我們一起走出宅院，迷失在彎彎曲曲的小巷弄，在任何的時刻，我們已不分彼此。」

「原來愛不是喜歡，那什麼是喜歡呢？」

「因為不能相互喜歡而相互折磨，就像雨客與花客。」

「原來我不夠愛他，他也不夠愛我。這才構成痛苦。」

「能說得出來的都不是愛。」

我像喝醉一樣飄離，這裡到處是古董店，我不想看古董，那太令人更痛苦，在巨大且充滿名牌店的MALL一角，卻撞見一古物店，說是古物不如說是沉船海撈物，缺一半的青花大盤，破邊的碗盤，還有外表滿是孔穴與包槳的瓷器，它們似乎還保留浸在海中的樣子，上有海生物結石與孔穴，像無數張嘴在吶喊與哭泣，我感到疲憊且憂傷。

狗時

回想那是一個劇變的時代，我卻沒有準備好，以致顛倒迷狂，哦，那個八〇年代，我都在做些什麼呢？身心靈也跟上那時代的搏動嗎？現在又來到一個劇變的時代，我要睜大眼睛，記住每一刻。

那時的寵物以狗為多，嬌俏的潮女手裡抱著博美狗或貴賓犬；開進口房車的型男一面慢跑一面遛大隻的牧羊犬。我的好朋友紛紛淪陷為狗奴，米謝兒家的阿富汗，躺在沙發塞滿整個三人座；住在我樓上學妹珍妮家的貴賓狗自己會坐馬桶；父親愛養狗，都是土狗，很會看家，最後成為家人，跟著父親運動，也跟著我們到處玩；我也養了一隻吉娃娃，臉孔像外星人，有著超迷你的身型，憂鬱的表情。

狗兒熱情，隨時挨著你轉，拚命搖尾巴，牠們的心太實，稍稍調教就聽主人的，只有出去遛狗完全不受管束，舉開腿想在哪撒尿，管都管不住，通常回家前一定在一樓門口撒一泡。

這時樓下太太氣呼呼跑出來，拿盆水拚命潑洗，不敢看我滿嘴碎念，在她眼中我們都被打不及格。

幾年後我生下奇奇，月子未作滿即回台中上課，狗送走了，樓下一樓太太來敲門，以為她來抗議狗事，她問：「聽說你生了孩子，我喜歡孩子，能讓我帶嗎？」

由狗牽出的緣分，惡緣變良緣。

差點忘記的狗時光，那是胡鬧的、羞恥的、喜氣的，像是一齣播了十年的長瘤的媳婦飛龍在天長壽劇。

場景：台中大里

時間：一九七九

主要對白：你的臉皮太薄，不適合當記者

人生中的第一次都發生在那十年。

碩士畢業，進入報社，有一天在上班途中，馬路滿滿是人與警察，車子過不去，好不容易放行，騎至報社，才知是美麗島台中辦事處正在進行搜捕，社內的討論都處在暴徒被抓的興奮中。

那是一九七九年，為了寫小說而想當記者，卻發現這個工作完全暴露我的缺點：不擅言辭、不知應對、安靜、還有一些夢幻與疏離感，我從最前面的位置被調到最後面靠門邊，與編政組為鄰。

屈辱。厭惡。幻滅。

那多半是面對自己，人的選擇有時剛好跟命運的走向相反，就像我曾參與地下讀書會，為政治狂熱，被調查局騷擾好幾年吧，卻發現自己是政治絕緣體。

要切就切得一乾二淨。

那時下完標題等降版時，固定到報社旁的書店看免費書報，老板是個年輕美麗的小姊姊，養著一隻金色的博美狗，沒見過這麼美的狗，在嬌媚的主人懷中好像比賽誰美似地發出嬌嗔。

我們怎麼變成朋友的？好像天天聊，後來還約吃飯，博美當然也跟，我就想哪天養狗，一定是博美。

那些狗時光如何能忘？

時間：一九八二

地點：台中東海

台詞：當老師控遇上學生控

回中文系教書，是老師填的擬聘表，我發現我不會教書，與學生卻特別有緣。

當老師控碰上學生控剛好是絕配。

我是怕老師的，但這個老師不同，他讓你張開眼睛，也把你逼上斷頭台。

老師有學生控，我也在控中，我沒有老師控，卻有學生控。

控是怎麼產生的，多源於不滿或絕望而產生的轉移，將對方視為唯一可信靠的人。也是一種烏托邦思維。

真正較可信嗎？

至少學生比報社那些人清純可愛，你只要付出一點愛，他們就發光發亮。

瘋狂地讀書看報，偷偷關心美麗島的發展，一面寫著第一個長篇小說，掀開我的八〇年代。

報社的放假都不在週日，週間假期最常去的是電影院，從新藝城電影看到台灣新電影《光陰的故事》、《小畢的故事》、《海灘上的一天》，微微感到一股清新的空氣吹來，同時《荷珠新配》、《暗戀桃花緣》也揭開小劇場十年，鄉土文學雖早十年發動，八〇年的政治文學，母語書寫，也奠定九〇年的百花齊放，這樣的相互連動很像眼下的情勢。

看似解嚴前的混亂與黑暗，文學藝術從絕望中升起，文學鋪梗，影視劇場風起雲湧，再讓文學推升一波。

當我醉心於山林之美，克服上課的緊張，小說已自殺在抽屜中，八二年得第一個三大報獎是散文獎，之後沒下文。

兩伊戰爭造成的石油危機，在八〇年代初，流行洞洞裝，記得當時大家穿得像丐幫，身上到穿是破洞。

因是菜鳥，分到的是最難教的建築系國文，排在早上八點。我總是提前好早到，默背上課內容，進教室，小貓三兩隻。

回家大哭，每天都想逃。

我忘了用什麼方法讓學生如何一個個來到，直至沒一個缺課。年輕是因素，還有拚命，覺得不能塌老師的台。

教到滿臉青春痘，臨到最後一堂課，寫篇文章（小大一）作告別，開始寫散文。八四年出書，八五年老師中風，隔年三月過世，八月接老師的缺，年底結婚，八七年解嚴，生下解嚴之子。

學妹的白色貴賓犬最困擾的是剪毛，為了省錢自己剪，光溜溜露出粉紅肉色，她稱牠為女兒，那時她不婚不生只同居，跟男友、狗組成家庭。

有一次到珍妮大坑的家，花園別墅寬闊華貴，養幾隻很像樣的獵犬，打開房門滿地的衣服與垃圾，飄著糞便的臭味，珍妮的爸媽正鬧離婚，原來不幸福的家庭是這樣子的。

時間：一九八五

地點：紐約

台詞：怎麼沒跳機？

滿三十時出完第一本書，暑假到美國看剛結婚的妹妹，住在姊姊紐約郊區的家。

姊妹與堂兄妹都在美國定居，那時想幫我相親的人不少，那裡的人都以為每個人都想住在美國。

我想寫作，不能離開自己生長的土地，想法如此簡單。華人圈似乎更保守，打不進白人圈；妹妹嫁給美國律師，打進白人圈，她比我會寫，放棄寫作讀會計，只為努力融入大家族。

最好的朋友住皇后區，紐約實在太大，很難約見面，只講了電話，去中國城遇到大學同學在開錄影帶出租店。

離開美國時，還有耳語，怎麼沒跳機呢？

因為屈辱，發誓絕不再來。

如果留在美國，會連狗都不如吧？除了寫，我什麼都不會。

在最繁華的第五街與中央公園，貴婦遛著各種小型犬，狗穿得像聖誕樹，我對那樣的狗感到自卑與寒酸。

時間：一九八七

地點：台北東區

台詞：報完恩就要走的

在與他結婚前，差點與一個教授結婚，但有一天他問我你是處女嗎？從此再也不理他。是有一些人在周圍，有錢有勢的理工博士，說我把你弄進某大學，他的霸氣讓人生氣。在老師躺在病床那三個月，幾個學長學妹相扶持，其中一個最殷勤，我想這是老師的安排。

他在我最糟時一直在我身邊，其中有大恩。

結婚後，仍住台中，寒暑假才回台北，婆婆說女人不用工作。

我為這句話哭三天三夜，這不是誇張，淚水關不住。孩子睡後，台北狹小的房間，我的淚已流成水聲，曾經我的眼睛這麼濕，不知道再過幾年就將流光。

我從不反駁，只是照做，在台北，我像在上演傀儡家庭，從公婆到小叔，演得滿像一回事。

如果我真是好演員，那就該把戲演完，演一半逃走，只能說是跑龍套。

從良女變惡女，走向另一個極端，自己找的人有可能也是亞斯，三個人都是，由某一個點就卡住了。

曾經我也有過完整的家庭，一個甜蜜的小孩，於厭奶期，為了逼他喝奶，喝一口講一個故事；在美國時，兩人假日去吃一塊錢一個的披薩，還附贈飲料，上學進教室不願脫下雪衣，用英文說這是媽媽幫我穿的。

難得被叔叔帶出門，他一直說「媽媽一定很想我」，才三歲的他從東北角打電話回來，說媽媽我快回來了！

孩子的祖母身體多病，我帶她一起做香功，出國旅遊也帶著她，她現在九十了，還是穿高跟鞋。

報完恩就要走的，我常這樣對自己說，或許是對虛空的神作不被理解的約定。

陳水扁當選台北市長，民進黨的權勢節節上升，那年我寫了〈影子情人〉，暗喻腐敗已經開始，可惜沒寫好。我在尋求自己的小說敘述，過程艱辛緩慢，岔出去寫少年小說，比散文賣得好很多。

米蘭昆德拉、馬奎斯風行的年代，解構大流行，沒人想說真正的故事，我也肢解小說，想來有點盲目。

遇到的男人大多愛狗，有一個說狗是某種生命隱喻，指引著他的生命走向；另有一個養拉不拉多，將牠關在逼仄的陽台。在台灣的經濟奇蹟中，多少隻大形犬，成為有錢人的寵物，牠們吃牛排、被訓練得如警犬般靈巧、機警。

其中獒犬為養蘭主人的最佳護衛，藏獒身長一米二以上，體重近百公斤，十分凶猛，當時一隻喊價百萬以上，主要是蘭花市場火熱，一株達摩蘭身價千萬，百萬犬算什麼？

我的愛貓朋友愛上蘭花主人，他常到山上尋找野生蘭花，那長在高山岩壁或大樹上，小小的花朵芳香高逸，我也學習成為養蘭人，朋友則成為賣花女。

那時的花市說有多繁華就有多繁華，我們在花市相遇，擁抱人也擁抱花，讚嘆蘭花出塵之美，卻忘了自己的姿容正處巔峰往下走。

狗代表更好的自己，有個小說家預言以後動物會變成文學重要的元素，那時我不怎麼明白，直到米蘭昆德拉《生命中不可承受之輕》確實有一條狗，托馬斯為了讓特瑞莎放心，廢在鄉下農場，他們鍾愛的狗死了，隱喻著他們自身的死亡。

時間：一九八九
地點：台中東海
台詞：沒人被殺

天安門事件讓我們看見短暫的民主之聲在年輕的學生身上發光、柴玲，王丹、吾爾開希，北京天安門廣場如在對面，電視二十四小時轉播，學生聚集在中正紀念堂開成一朵朵百合，當坦克開進廣場，電視畫面突然黑了，被切割、被分歧、被隱匿，流出來的報導令人發噩夢。看了許多資料，哀面記載天安門的地磚有幾塊。

政府說沒人被殺，也不能再談，趙紫陽下台，李濤上任，事件後，他下台。

米謝兒的阿富汗老病，醫生建議安樂死，她淚搭搭陪著它到生命的最後，從此再也不養狗。

珍妮結婚決定移居美國，貴賓交給妹妹養，一起回到那破碎的家庭。

蘭花有行無市之後，藏獒被棄養，一隻瘦到只剩三十公斤的藏獒被撿到時，渾身脫毛，長年只喝水，變成紙片狗。

另一隻名為黑糖的藏獒，被撿到時已眼瞎耳聾，鐵籠中關了好幾年得癌症死去。

狗的壽命就是這麼短，牠們忠心，願作主人的奴才，然而人為奴，寵物為主的時代將來臨，那將是貓的天下。

如果狗代表更好的自己，那貓是潛意識的自己，一種魔性的來臨？

時間：一九九〇
地點：北京
台詞：血都洗清了

我在天安門事件隔年到北京、走在天安門廣場，巨大的人民雕像在冰血中如同死屍，臉孔冷硬一致，地上沒一滴血，有人說，血都洗清了。

九〇年，父親的蘭花棚，花剛種沒多久就枯死，我養的野生蘭花只剩綠葉，而從北京到延安，一路上看到許多塑膠花，大多在戲台或會議桌上，連蛋糕上也插朵桃紅塑膠花，好像某個舊時代的還魂，以塑膠製品為美的時代。

父親的狗叫莫多，牠來時是初生的小狗，我們也還年幼，牠以牠的成長陪我們成長，有時我覺得牠更像人，一早跟著父親跑操場，然後跟著我們上學，我們餵牠吃飯，吃得跟我們一樣，小氣的爸爸會說：「狗吃那麼好幹嘛？」但我們都知道他比誰都疼牠，晚上就睡在藥房的地毯上，直到成為老狗。有一天誤食老鼠藥，死前的掙扎很漫長很恐怖，他一直往天井的小水溝鑽，我們一直哭喊想拉牠出來，像拔河樣對抗好幾個鐘頭，死亡那麼長，如此猙獰，而牠就在哪兒，你一點作用也沒，一直到牠靜止僵硬，你知道牠不只代表一隻狗的死亡，有什麼死得更深更長。

時間：二〇一九

地點：北京

台詞：把三十五公分以上的狗都殺了！

禁狗令一發布，狗主人哀號，之前限四十五公分，大家都鬧翻了，現在限三十五公分，可能只能養吉娃娃，有些貓也超過三十五公分，像我養過的金吉拉、美國短毛貓、白貓都超過，這是什麼世界，殺人還不夠，還要主人自己殺自己的狗！

過了三十年，只有更糟。

好長的噩夢，屬於我們的年代。

如手如足

一個活著的人，看到同伴死去，就只能在他自身之外繼續活下去了。——巴塔耶

香港與台北分別出現雙虹，這是虹與霓的異象。二〇一八年雙十清晨，台灣總統府後出現了完美的雙彩虹：一個月後，陽明山上再度出現了雙彩虹，且長達九小時，破一九九四年在英國所觀測到的六小時彩虹，成為彩虹持續時間最久的世界紀錄。二〇一九年六月反送中之後，香港出現火彩虹與日暈。據說，彩虹是上帝誓約的記號。在〈創世紀〉中，大洪水後，上帝指著天上的彩虹對諾亞立下了誓約：

神說：我與你們並你們這裡的各樣活物所立的永約是有記號的。我把虹放在雲彩中，這就可作我與地立約的記號了。——〈聖經．啟示錄9:8-13〉

被神的誓約標記的兩個城市，在二〇一四年太陽花運動後有著奇妙聯結，我自二〇一〇年到香港客座後，跟這座城市關係越來越緊密，主要是來往頻繁的學生與校友會。

學校在荃灣，附近有個小島叫馬灣，通往馬灣的碼頭有一艘諾亞方舟，我曾到那個小島，只見一片都是矮房子的村落，海水與天色是薄荷藍，自成一個天地。

那時的廣東道已被中客占領，本地人移往旺角與銅鑼灣，在地鐵中高聲喧譁的大陸人，引來戴耳機年輕人鄙夷的眼光。

跟學生逛灣仔與銅鑼灣，走難走的陡坡，他每天為省錢，常坐一段公車，跑一大段路，每天的中餐是兩只老婆餅。他得過香港青年文學獎首獎，因來台灣交換而認識，我到香港客座，他每週從大埔通車一個多小時來上課，假日帶我去逛街，不過是來台灣交換，為何這麼盡心。

重點是他對台灣有感情，感恩知報，這麼溫文守禮，是台灣也少見的。

他是也斯的學生，也斯過世時，整理他的全集，劉以鬯過世，他還守孝。

學生中沒一個像他那樣賢德，跟顏回差不多，一簞食一瓢飲，不改其志。

這跟他是基督徒有關嗎？香港青年在學校受西式教育，家裡遵從古禮，剛認識時，覺得他們較保守，不易親近，熟了之後，他們尊師重道，頗有古風。

他個子很小，重約五十公斤，打扮偏日系，吃穿都挑剔。

你能相信這樣文弱的文青是勇武嗎？是願為香港拋頭顱灑熱血的「手足」？

二〇一八年八月，我們還一起在海洋城約喝下午茶，他從劉以鬯的靈堂趕來，髮鬚久未剃，形容憔悴，我們談著他要來台灣讀博士的事。

另一個珠海的學生，念完中大碩士，在中學教書，他也愛來台灣，每來台灣必住我家，他是另一型，喜歡玩會做事，人也高大帥氣，他追求港大畢業的小姊姊為妻，二〇一九年初他們結婚旅行，邀我同行，我們一起遊東歐，維也納聽音樂會，波蘭買古董，布達佩斯吃鵝肝，我們一路喝茶，一路開茶碗、瓷器課，並相約以後要開茶屋。他偷偷告訴我，到挪威哪都沒去，就搶購五件愛牌休閒外套，我說好丟臉哦。

這樣的潮青，在運動中是和理非。

如果沒有這次運動，我們不會清醒得這麼徹底。

總在最糜爛，昏沉中醒來，我們已站在懸崖之前。

原來以前認為對的，好的，都是假。
那些我們認為人不可能這麼壞的事都是真的。
你說暴民襲警，說一個都不能少。
我愛的是魏晉風骨，你卻是納粹入骨：你愛的歲月靜好，都是彌天大謊。
這是一個邪惡與正義，集權與民主的對決，其中有一百萬基督徒，還有為上帝而戰的誓約，有神與無神的戰爭。
九月，到香港評文學獎，住在銅鑼灣，這裡常有遊行、衝突，但玻璃沒一塊破的，街道乾淨，遊客也是多，和理非遊行很安靜，連口號也不多，還會收垃圾，勇武夜晚才出來，白天上班、上學，晚上有人發黑衣，派零錢坐車，打無形的戰爭。
勇武港生說仇太深，回不去了。和理非港生說，為了保護自己的學生走上街。如果被抓，去台灣投靠你。
和理非夫婦住馬灣，我在他們房子大窗台，又看見薄荷藍的天空與大海，再一次看到諾亞方舟，原來老師說的迦南地是這裡。
他們互稱手足，因為戴著面具，看不清彼此的臉孔，手足在這裡是具體地殘缺與局部，但透過彼此療傷，以藍水作記號，他們以受傷的手足存在著，而成為另一種共通體。

人民在這裡，也不在這裡，並拒絕被定義。他們建立另一種情人共通體，他們或相異或被消失，隨時會有人補上，對拒絕承認它的掌權者，這最令人畏懼，且無法掌控，因為「它不讓自身被人把握，它既消解社會現狀，又倔強固執地用一種不受法律限制的至尊性來重新發明現狀，因為它在否認現狀的同時，也把自身維持為現狀的基礎。」

手足，我死之後，記得代我活下去。

這彩虹般的誓約，人神共指。

傾城之戰

沒想到怡保是這樣悲傷的城市，這曾經因錫礦繁榮的城市，有著氣派的洋樓，紅的、粉的、黃的、藍的，你能想到的顏色大多有，大門卻是緊閉，寬闊的街道，牆壁整面牆的錫畫，二奶巷多少風流往事，如今變成半個空城。商店大多只賣早午餐，時正黃昏，我們走過無人的街道，到一家據說很道地的廣東館子用餐，位置幾乎全滿，我們坐在走道上用餐，叫來的廣東炒麵都是用醬油勾芡，也不能說不好吃，只因我的心太沉重。

港警進攻大學，中大、理工……，大量逮捕學生，戰火已起，我貓客說：

「你不要走，這次走了，恐怕回不來了！」

「不，我要回到我的國家，跟家人在一起。」

「你對台灣毫無留戀，沒想到這一戰，我們是站立在對立面。」

「對不起。」

「你不相信二〇一九，也不相信一九八九，這是我們最大的不同。」

「我愛我的祖國，我的家人，我愛神，我對他們確信不疑。」

「你的神必然也不同我的，你不該說你是約書亞，並承諾愛。你為什麼要來，現在我知道遇見你的意義，這是情業的總結算，讓我知道我充滿妄念，應該找回自己。曾經心心念念曾經如此靠近，那是疼惜，也是錯覺，以為我們是一樣的，以為你是那個小兩客，事實上，你不在光明這邊；我最大的痛苦，即是你不在正義這邊。」

「我欠你太多了，我對你的承諾一樣都做不到。」

「你回去吧！這是天意。」

貓客反身遠去，他的背影變得陌生又熟悉，窄肩寬臀旖旖裊裊，那不是花客嗎？雨又下了，在盛大的雷電中，所有的相遇、戰鬥都有烈火、爆炸、死亡、哭喊……，那無可言喻都會開成一朵花，然後以雷雨作收。

醫客

醫客

你知道嗎？前世我是一座橋。
不對，你跟我說的是勇武將軍，而我是被你背信拋下的女子。
就是因為背信才變成一座橋啊！

在疫病流行之時，我們跨進異世界，成為另一種共通體。
與醫客認識超過二十年，她越搬越遠，找的醫院越來越鄉下，直至得了難治的癌症。
我說她住鄉下，她認為我住的地方才草地，蚊子多樹多，沒小七都叫鄉下，天龍國的都一樣。她來時只坐一會，遞上些藥品就走了。

沒隔一段時間她幫我寄三箱礦泉水還有淚液，她是我乾燥的水源，然而她卻倒下來，灰心喪志，在我面前流淚。

她把所有我給她的東西及她的珍藏全交給我，要我好好保存。

別死在我前面，我說。

我死時，我已叫家人通知你，你可以來我家，哭一下，別傷心太久，我會保護你。

（我願把我的命給你，讓我死在你前面。）

醫客在我初病時出現，那時她還是住院醫師，她愛女人，我為支持同志，選擇跟她站在一起，但我不過是假拉子，在她與兒客之間，選擇了回歸，她傷心離去，那是十幾年以前的事了。

她在我最糟的時候出現，醫治我的病，帶著我環島會名醫，我因她差點撞車死去，是某種命運交織的生死之交，她不是T，我也不是婆，但我們相約白首偕老。這亦是無法定義的感情。多年來我們住在不同城市，久久見一次面。

醫客的家庭算是富足，她對錢滿不在乎，她喜歡給，這是她表現感情、責任的方式，把薪水存入戶頭，將金融卡交給母親任她取用，她自己永遠是穿百衲衣，黑衣黑褲穿到破洞，還拿去重複補重複車，她只穿一樣的衣服，買給她新衣只會被封存。

醫客是個好醫生，一般病人看不到醫生，她像看蘭花草一日看三回，SARS時，她穿保護罩在加護病房待了幾個月；在雲林那交通不便的小鎮，全院得疥瘡，傳染力驚人，幾乎沒人倖免，免疫系統大亂。每到新醫院，先被惡菌新菌吞噬，然後才有免疫力，醫院密不通風，外面都是荒地，她一遍又一遍消毒洗床單，常常餓過頓，只為怕開口請護士幫買便當，十幾年，她常是兩個菠蘿麵包一餐。

醫生不是該吃好穿好，住好房開好車，懂得保養，打球或健身房高爾夫？她假日都待在家，洗衣服倒垃圾，這些事一天停不得，好的衣服還要送乾洗，年輕時還看文學書，為了考照，只讀醫學書。過了專科，拚次專，我說還皮膚科，可以做微整型，正夯。她卻選了最冷門的新陳代謝科，患者特別少，脾氣特別不好，說醫生你自己胖胖的，你叫我減肥，你自己怎不減？

醫客中年發福，吃得越來越少，越不好，就是瘦不下來。患者少，被叫去上電視作廣告，緊張得好幾天沒睡。若要患者多，就要去教學醫院，拚寫論文，常上台報告，對不愛說話的她是極大苦刑。私人醫院錢雖較多，有門診壓力，她一個病人看一小時，被老闆念護士笑。

也許在舅舅的醫院是她較好的時光，那時姑婆還在，住自家醫院的單人病房。護士對醫客周到些，會幫她買吃的，偶爾舅舅開車帶她去吃極好的餐廳，哪知舅舅罹癌很突然，沒多久就走了；或者在彰基，那時還年輕，她在急診室，兼值重症加護病房，看顧那些氣切插鼻胃管的老人，她常說年輕病患很不好照顧，老人很乖，尤其那些業已柔弱無力的阿婆，要她怎樣就怎樣，人老到一個程度都差不多，臉皮鬆垮垮，她喜歡扯著那垂下來的臉頰叫「阿婆」，那段時間她偶爾有些笑容；或者更早些，在住院醫師初期，在Together版，帥氣地回答一些專業問題，我也是因為這版認識她。化名黑傑克的她，蒐集一堆黑傑克玩偶，約會過幾個小護士，為了省時間，搭飛機往返，也有些小護士偷偷送禮物給她，幫她買便當。

她不喜歡吃冷便當，常常是兩個菠蘿麵包就是一餐，那時大家對麵包都無法抵擋，也不知它是機率很高的致癌物，一吃二十年，我兩個妹妹也是愛吃麵包到不行，宜妹出勤時隨身攜帶糕餅當零食，她們也都在四十幾歲罹癌。

醫客是爸媽寵愛的女兒，又最有孝心，她喜歡女生，卻不敢違逆母命去相親，對方也是醫生，看了也是有意思，就她不能接受。有幾次偶遇男醫生，他漸漸禿頭老去，好像一直沒再找對象。

那時的她還是文青，訂文學雜誌，讀米蘭昆德拉，對我的書從來沒說什麼，固定會買個一兩本，我是被她嚴重低估的作者，她常說你要像誰誰，書才會賣啊，我反擊，你要像誰，才會賺大錢。

近幾年，才說堅持走自己的路是對的。

醫客是我的醫生也是知己，但我應該不是拉子，她也不完全是T，在一起的幾年，是我的奢華年代，住小豪宅，買名牌，吃大餐，她出手慷慨，只要我說好看，她就掏錢，或是鼓勵我買，她說將來賺錢更多時，要買有泳池的花園別墅，因我們都喜歡游泳，我喜歡種花。

我們的情誼只能存在虛構中，誓言自然也是虛構，不管做什麼都是虛構，她的身分只有一個，爸媽的孝順女兒，她從沒為自己活過。然而那時我們都相信這虛構，因為那是我們唯一的救生圈，我病了，很快的，她也要病了。

如今想來是如何虛華！她沒有賺錢的概念，有了高薪，全部拿回家，我倒寧願她去慈濟，薪水少又要捐部分所得，但過得踏實，心安理得。

面臨越多的死亡，越需要一份信仰，每當放假她去拜媽祖與觀世音菩薩，並蒐集一堆觀世音雕像。

可以想像她的祈求，第一，爸媽身體健康，第二，病人不要死，第三，才是願我一切安康。

她的醫道就是不讓病人死在她面前，因此她要盡力救，讓他們有最後一口氣回家，這算是維生，不算是救生。現在的維生系統就是能做到留住最後一口氣。她不願意對著病人與家屬宣告死亡，那代表她沒有盡力救治。

CPR，插管、抽痰都不是她的專長，她最強的是用藥，因她還有一個藥學學位，用藥正確，能讓生命維持久一些。

當她罹患難治的癌症，實難讓人接受，一個醫生不能救人，而要當病人，她方覺得這世界沒有真正可靠的醫生，一家都是醫生，師友也是醫生，也不能阻止癌細胞一再復發，一再擴散。

淋巴癌，有時越治越糟，家人自然主張積極治療，二線標靶藥不行，再用一線，還是擴散；長輩醫師說不要治了，你以為其他地方就沒有嗎？

醫客說得又生氣又傷心，在我面前流淚，整個人像癟掉的氣球。我氣極罵她，你從來就沒自己主張，也從來沒為自己活過。都活到這把年紀，也不算早死，就算剩一年兩年，想做什麼就做什麼，我寧可你做最不傷元氣的治療，然後繼續工作救人，就算死在工作上，也算死得其所。

不是只對她說，我自己也這麼想，人不必活太久，能死在自己的崗位上最好，想太多，不過是貪生怕死。

我祈求用我的壽命換你的命，但沒對她說。

她說一生有三個老師，一是父母，二是菩薩，三是我，每當她軟弱時，我會把她罵醒。

化療睡不好，脹氣打嗝到厭世，我說厭什麼世，你還是醫生。

那一天，我們去香鋪買香，我給她買了香爐、香粉，香篆、香勺，一面吃一支一百多的霜淇淋，一面拓香給她看。

你不用現在弄，我以前待過實驗室，這些我會做。

我知道你不會做，所以要在你面前做一次，你要記住，早晚燒一爐，也許會快樂些。

沒做的話，全部還你。

不行！

我好不容意琢磨出來的香道，希望醫客成為我第一個香客，在靜心中忘記煩惱。

那天我們吃了一堆美食，血糖過高，像喝醉酒醺醺然，只得尋找另一家咖啡屋。

今天我第一次覺得自己不像病人，醫客說。

答應我要轉變。你有信仰吧，我們都是超越神論者，不是無神論者，死亡阻擋不了什麼，這就是永生的意思。

嗯！

我不確定她會不會轉變，會不會拓香，但我們曾經共拓一次香，也是難得的緣分。

病囈者

久病成歷史，自有不一樣的體悟。

每個家族或有優良或有破壞性的基因，當優良基因戰勝壞基因時，他們活得長，重要的是活得好，但這如何難求。

居住在台灣尾端，血液多少混有原住民血液，或許還有西方血統，混血的小孩外表比一般美麗，然早病早衰，曾祖那輩壽命都不長。祖父年輕患有肺病，祖母心臟病高血壓，從我有知，他們一直在養病看病，那時年紀不過五十左右，在衛生所工作的父親給祖母量完血壓，接著為祖父做清潔隔離，碗筷、用具、住所都是分開。房子常在消毒打掃中，母親也許意識到必須加入治病特攻隊，才二十幾歲，當上西藥房老闆，家裡也住了一個護士，幫忙打針、消毒傷口。

在藥房的後面小間，是藥品儲藏室兼診間，那時沒錢看醫生的傷患常來打針包紮傷口，在靠藥局的那張靠牆桌上，擺著消毒器具、針筒、消毒藥水、紗布，磨藥的小白缽，跟色紙一般大小的藥紙，我很小就學會包藥、搽藥水、包紮傷口，忙碌時，我與姊妹要當小幫手。

父親二十歲不到就有心臟病與胃出血，六個姑婆在我十歲前，就走了兩個。我是用眼睛瞭解疾病與死亡，為此退縮至自己的黑洞。

眼睛體驗的死亡是慘烈恐怖，噁心窒息的，首先是病容，患有肺疾的祖父，寡言少語，每天清晨清掃街頭，掃完還得潑水，遇有選舉，大佬們齊聚我家，推他出面，他是低調的藏鏡人，只有當我被推為同鄉會總幹事，他才跟我談了一點選舉經。平常他早上要吃糖煮雞蛋，早午餐都有魚肉，一家十幾口人，就一片魚，一人只能吃一口，肉通常要分，碗筷也不同。祖父飯量少，動兩筷就起身；五姑婆躺在床上好幾年，飯菜都是小孩送進房，她越來越瘦，脾氣越來越大，父親照摩斯電報設了警鈴，她按鈴表意，有一天我放學回來，家門口搭了白帳篷，她心臟病發作走了，得年才四十幾。

用眼睛看的疾病，病者多自私、冷漠、怨念很深，如大祖母常對孫女發怒，罵髒話，看到她就像看到鬼，沒有人會想接近病者。

以前以為自己生活在滿滿是怨恨的家庭，從不知愛為何物。

現在，父母親皆已過世，我體會腳一半埋在土裡的感覺，活在人鬼之間，不再用眼睛看疾病，用心。

病者看似自私無情，其實他們的情感變得曲折，是更有選擇性的。姑婆對外人、朋友很熱情，對他們展現最美好的一面，她尤其喜歡小孩，小妹幼時特別美，她的衣服都是姑婆一針一針縫出來，臨死前還在縫，衣服做一半撒手而去，這樣的癡迷與熱情能說無情嗎？

祖母善待弱勢者邊緣人，她的店門口恆常躺著乞丐，她給他們飯吃，讓他們睡亭仔腳，這好像一般人都做得到，可商家的亭仔腳是可作生意的，租住另一側的牛雜湯，後來富了，在我家隔壁蓋一樣高的大樓，賣古董，氣派得很。再說整天門口躺著乞丐與排灣，對作生意是不利的。

她對原住民尤其好，送給他們的衣服、菸酒，好像不用錢，排灣都以物易物，多半是沒人愛的芋乾之類，不識字的祖母講排灣話，哈啦一整天，他們醉臥地上，她還笑嗨嗨。

出身廟公家庭的大祖母，因管廟而擁有宮廟附近的土地，我們那條商業街大多是她家的地，可能我們住的房子也是她的嫁妝之一，在市場賣魚的高祖是住不起這樣的精華區的。後來曾祖當保正，跟廟公世家結親，命祖父娶不識字的大祖母，這是財與勢的結合，卻沒考慮祖父與祖母是水火不容的一對。

大祖母心中住著男子漢，不識字的她是半個原始人，對欲望與好惡完全不修飾，可能也有穢語症，對識字的文明人有著妒恨；外表秀美的祖父心中住著個女人，多愁善感，在會作生意有氣魄的老婆眼中是無用的文人，她也不喜文秀的父親與二叔，瘋狂熱愛著自己的小兒子，他外貌像她，是有氣魄的男子漢。

就是這樣一個誤差演成悲劇，結婚沒幾年，被公婆小叔趕出門，這就像乞丐趕廟公啊！

因此她最同情那些無家可歸的邊緣人，篤信佛教的她，選擇怨恨家人親近貧苦者，因什麼樣低下的洞她都鑽過。

所謂的趕，會不會是她先趕人家，說臭幹你娘你們住我的房子，來欺侮我啥洨，結果話說久，全家見笑當生氣，聯合起來趕她出去。

唉！

病者的愛是純精神性的，因為病他們的肉欲物欲從沒被滿足過。

作了大半輩子生意，大祖母應該有點錢吧？她死於七十五，在老家重蓋時，藥房搬至隔條街的巴洛克建築，她與祖父住樓上，我們與小祖母別居郊區的三樓透天，那是母親的全盛時期，醫與藥的結合，錢滾錢，買的房子不知幾棟。

父母親在關店後回來與我們同睡，藥房那邊只有祖父與祖母，在某個晚上她想起身，跌一跤就過去了，打了不知多少降血壓的針，卻死於心臟病，這很諷刺。

我永遠記得祖母身後，幾個媳婦清理遺物，她那幾只老木箱，只有幾件素淨的舊衣，沒什麼錢。如有一些現金，大方的母親應該都會給嬸嬸，因她只想要祖母的珠寶，那些是嬸嬸們不愛的。

聽說有一罐珍珠，五顆「大鑽石」，母親將珍珠穿成五條項鍊，五姊妹各一條，至於鑽石大概是假的，聽起來就假，那時代哪裡去買大鑽石？也有可能母親將它變賣蓋了五棟樓房，因此才公平地分給嬸婆、兩個叔叔各一棟。

如果是真的，為什麼是五顆呢？不就想給五個孫女嗎？她雖常打罵孫女，掐大腿最沒肉的地方罵「臭幹查某……」的那個半原始人，卻執念嫁妝不能輸在先，這種商人的價值觀，大概也有一些在意的成分。

大祖母的鑽石，是在母親死後看到的，手工白金台鑲單鑽估計有百年歷史，Dcolor，無瑕的鑽石，因切工不好，火光不佳，接近玫瑰切工，大約一克拉（我媽也太誇張），但在她那時陣，也算最高檔了吧！這些有可能都是她嫁妝的一部分，不是她買的，我猜她也不愛這些。一身素淨如道姑的她，不戴任何首飾，打扮對她無意義，沒人愛她。

這樣的一個戒指在百多年前可能可以買一棟房子；買貴了，落價了，現在這貨色，用一台機車去換就有了。因而我心生警惕，有錢絕不要買奢侈品或珍稀品，大多說會保值的都是自欺欺人。

她的錢大概都拿來養家，還有接濟她最愛的兒子，如戀人般，每當他帶一大家子回來，我們得睡地上，她整天笑嗨嗨，這樣炙熱的愛，也只有病者才有。

一輩子生活勞苦簡樸，凡有佛事，大量捐輸，對外人好，對家人不好，也是她不得已的選擇。

回顧這些，讓我重新愛上大祖母，因為我身上也有她的一部分。

父親與母親是另一種病者，因物欲與肉欲過度滿足，而產生的精神愛匱乏。父親與母親皆是金鳥籠長大的嬌子嬌女。年方兩歲的父親穿著白襯衫騎馬褲與長皮靴照了一張全身照，幼時的他已有著大祖母深凹的細長眼，那是憂鬱的基因，這是需要吃藥才能睡著的體質，在青春期之後就將爆發。柔美如女子的臉孔想必曾經得到三千寵愛，但母親被趕走了，他壓抑著苦悶，一路讀到屏農獸醫，然後任教於國小，初戀的對象是網球好手，這個女子與他有情無分；家裡的婚姻一向是錢與勢的結合，外祖父有錢，看上父親，母親也有自己的初戀，但她敬愛自己的父親，也相信父親的選擇。

各有所愛，年貌家世相當，愛可能淡薄，性應該是相合的，否則如何生七個小矮人？父親的工作就是給人節育，提倡兩個恰恰好，生七個也太說不過去，只能說明他們沒有節制地做與生。父親在年老時寫信自白，因家中的無愛，讓他對自己的妻與子刻意冷淡，而在國小任教時得胃出血與心臟病，讓他時時眉頭深鎖。也許遺傳大祖母的摳門，他對給錢花錢十分小氣到沒有，根本他沒在花錢，拿到薪水袋全交到母親手中，身上恆常只有母親給他的零用。他像長不大的孩子，吃的喝的都是伸手牌，幾個姑婆都疼他，又都住附近，見到他就繳稅，這樣的天之驕子，是不會當父親的。他從不給我們錢，吃東西也只買自己的分，對食物以外的物價沒概念，通常要報十分之一他才能接受，對女兒使出他遺傳自祖母穢語進化後的毒舌，譬如當著女兒面說你長這麼醜，以後沒人要；你數學不及格物理不及格，你沒效了，以後只能去做女工；你輸某某人，你樣樣不如他……這讓我常處在信心崩潰中，現在回想起來，這都是日本精神的精神踐踏法。以前他考屏農時，祖父譏刺，憑你也考得上，你考上我

父親(左)的身影。

給你提書包，結果考上了，書包的事不提了，他自己提皮鞋光腳走路上學，到校門口才穿上，摳門教主如此養成。

母親從小被關在一個大林子中，陪伴她的只有猴子與兩隻獵狗，經常在外為人把脈治病的外祖父，給她一盒進口餅乾，有先天糖尿的母親，不知這是會讓她致命的糖分，等吃到快發霉，外祖父帶一大堆東西回來了，金的銀的，有鈴鐺的日本拖鞋，漂亮的衣服，而她只要一個玩伴，主要是媽媽。

自小與母親分離，母親常來偷看她，她也偷看母親，在跟外祖父報備時說要去找同學，外祖父問同學是誰，媽媽回答洪某某，那是妹妹的名字，她們的確讀同校。外祖父差點笑出來，因為這樣沒生氣，沒有說可以也沒有說不可以，意思是我不知道就好。

母親飛奔至媽媽與妹妹處，又是一堆漂亮衣服，布料是媽媽販賣的，樣式也土些，但那都是媽媽的愛。臨別時依依不捨，搭小火車回深山林內當城堡公主，妹妹一面追趕火車，一面揮手喊內將內將。

令人嗚咽的童年，讓母親決定要找個熱鬧點的大家庭，生許多小孩，她愛孩子就像童年的自己。嫁給父親，發現是怎樣也擠不出一分錢的家庭，於是到幼稚園教書，然而兩年生兩個，上班不適合，於是跟外祖父商量，說想讓孩子有肉吃，外祖父拿出他誇張的金條，母親從小對醫藥就有興趣，於是二十八歲當上藥房老闆，店面是我們的臥室改裝。

母親愛給人治病，更熱愛賺錢，店從黎明即開，到晚上十點多，四片鋁門才會關上，有時抱一堆鈔票來不及數就睡著了，

藥的利潤高，一顆藥成本幾毛錢賣十塊、二十塊，利潤抽最多的是普洛扒，常有許多普洛扒到店裡頭坐很久，他們看來跟保險推銷員差不多，卻個個有錢，去過其中一個人的家，美式花園雙層別墅，裡面布置如裝潢雜誌，百萬高級音響；製藥公司更不用說，每年招待藥商高級旅行，最後一站一定是五星級飯店的大會餐，老闆娘與兒女們穿晚禮服，媳婦是小明星，然後是明星主持的晚會，最後還有抽獎。

這種活動一定是父親參加，母親愛顧店，坐遊覽車會吐；我坐吐更凶，還是被抓去幾次，吐到想跳日月潭。

藥房全年無休，小孩都交給小祖母管理，親子連說話的時間都沒有，應該說大家庭通常是以不說為說，我沒聽過祖父與小祖母對話，餐桌上也不能說話。父親跟祖母的對話，也只有量血壓時，祖母說頭暈之類，父親回以血壓高了些或還好，每天都進行的儀式，回想是母親對兒子的撒嬌；父母親的對話也很少，偶爾用日語對話幾句，這時上演復古日劇，母親溫柔地拿出香菸，低頭對父親敬菸，說羅若。母親會靜默地幫我們削鉛筆，後來買了削鉛筆

機，大家都搶著自己削。我常在她那張辦公桌上寫功課，並學會如何用小白缽研磨藥粉，紙袋包好後要一個個相疊，以前藥貴，價格就反應在這細致的手工上。你想所有的藥要磨成粉得花多少時間，磨成粉好吞嚥，怕苦的還要加點糖粉。

在調香方時，腦中浮現磨藥粉的畫面，是有藥師的因子在我血液中流動，當時渾然不知。

爸媽也許看出了，他們一致認為我適合當藥劑師，爸爸說我數理不好，鐵定考不上高中，不如去讀藥專。

為了怕我逃跑，父親載我去考藥專，考是考上了，我偷偷報考高中，考上了他們也沒辦法反對，那年暑假我打了一次小勝仗。

父母可能是最不瞭解自己的孩子的那方，他們為什麼不能理解孩子只愛文藝，想讀文學寫文學呢？

當時我也沒顯現什麼驚人的文學才華，他們不過是讀了些書的鄉下人，認知中沒有文學這項目，他們不知道，也許九歲、十歲，女兒為文學瘋狂，在日記中不斷寫著，我要寫，我要寫！

父親也是文藝青年，寫過詩，幾乎天天寫日記，也愛寫信，對他的瞭解都是從文字中猜出。

但人要全面瞭解是如此困難，

必須等到生死相望，才能看出你我實無不同。

必須用生命換取的如何沉重。

我想朝自己的目標前進，雖然不知那是什麼？

高一成績很好，還當班長，高二上直升班，成績在後段，不久恐慌症發作，這體質也是家傳，只是以前的人認識不多，父親幼時可能就有，當母親被趕跑，而小祖母欺侮他時；也可能祖父也有，在得肺病之前，一切源自深凹的細長眼睛，憂鬱的基因。

因愛的匱乏而成為愛無能者，唯一感到父親的愛意，是他旅行時，一天寄回一張明信片，我總讀了又讀，像是陌生人寫的，他在異地，不管多忙，都會坐下來寫明信片回家，沒有思念的話語，就是旅遊所見，好像也沒特定對象。我總想像他是寫給我一個人的，天天坐在母親的辦公桌等郵差來。

父親一定覺得旅遊格外興奮，卻無人分享，隔著遙遠的距離，感到妻子與兒女有一絲可戀，或者他只是愛寫字，想當明信片作者，反正明信片便宜，旅店無聊權當日記寫，他的用語俊秀耐讀，於我是最好的讀本。

人生打不開的枷鎖是，孩子渴望得到父母的愛，卻不具備得到被愛的可愛與本事，或者回報父母劬勞的能力；一旦得不到放棄了，他就切斷臍帶只愛自己，然而孺慕之心難絕，一生單向付出，一直到春蠶絲盡；而父母把孩子當作實現夢想的工具，孩子卻往相反的方向走，變得越來越陌生，越不像自己的孩子，結果是雙雙落空。不愛並不是無愛，無愛也不一定轉為恨。

愛這件事本來就充滿困難，因從無人教導。

父親約四十時心臟病發作，到屏東醫院住院一段時間，他又開始一天一信，因文采好，讓人感動，他訴說住院的孤單與痛苦，想念孩子們可愛的音容笑貌。

隔天，我們五六個小孩結伴去看他，但見他眉頭深鎖，嫌吵，催促我們回家。

多麼乖違錯迕的親情！

病別離

年未滿五十，兄弟姊妹沒病的只有青妹，也只有她會為姊姊從東岸飛西岸，又為妹妹常回台灣，姊妹的感情有一番更新，我卻參與不多。

主要是父母雙亡，老家只剩小弟一大家，再也沒有我住的房間，聽說那個在父親房間旁我常住的和室，木板已坍塌。

無情。自私。

彷彿聽見這樣的指責。

我的病說起來無大礙，就是體力差，睡眠需用藥，因此出門困難。我彷彿是晚年的父親，被母親指責自私。那時她已躺在床上，父親注重養生，早起一大罐果汁，半罐牛奶，麵包要吃全麥，生菜沙拉可吃一大盤。餐前他先跑操場，年快八十的他，還能跑幾圈。

臥病的母親對父親的體能有著妒恨，說他很會顧身體，怎不也來顧我。

身體是自己的，沒有人能替。擅於養生可能也是一種天賦。

年過六十無病者，除了底子好，大多有自己的養生之道。青妹在嬰兒時期得過健康寶寶比賽第二名，雙頰的肉如水滴將落，她一直身強體壯，用我媽的說法是地基打得好足以壓颱風。

她的力氣比男人大，可扛一袋米與一個大同電鍋，從中國城走一小時路回家，穿著費城黑，戴一頂巴拿馬草帽，優雅地走回滿是古董的家。

她也不盡然健康，中年發現有先天糖尿，於是奉行減糖食譜，只吃生菜沙拉與好的海鮮與瘦肉，澱粉幾乎不吃，甜點久久一次，她自己看資料作研究，說我們家的遺傳因子不好，糖尿、高血壓，心臟病、亞斯全包，還有癌症。

良醫久成病。醫客小時侯也是漂亮的健康寶寶，父母都是運動選手，家境好營養好，醫客長得比一般人壯，卻是天生不會養生。她最愛垃圾食物：炸雞、甜甜圈、麵包、糕點，冰淇淋一次能吃完一筒，又有暴飲暴食症，有空時就大吃大喝，且不愛運動。她說整天醫院跑上跑下，運動量夠了。我說真正的運動要刻意為之，不是順便，譬如走路走久會瘦，但過中年，下半身壯碩，上半身肌肉流失，脊椎病變就開始，頸痛，腰痛，膝蓋痛，醫客不愛運動，當醫生後宵衣旰食，生活品質惡劣，年過四十，頭髮已斑白，頸痛，腰痛，經常性的精神沮喪，五十五得癌症，自己完全不能接受。

醫客跟母親類似，嬌生慣養不愛運動，吃東西任意而為，是沒養生概念的一群。母親有先天性糖尿，本應減糖，但她最愛吃白飯配豆乳、肉鬆、蘿蔔乾，每餐兩大碗，還有各式甜點，三十幾已是超級胖子。她膚如白雪，最厭陽光與熱氣，因此鮮少出門。她的出門是辦貨，叫一台計程車直達堀江，買一車奢華物品回來，報價自然是十分之一。

也許她糖尿早已發作，或者有肌少症，但她覺得自己兼通醫藥，常吃一堆成藥與補品，大約六十，已行走困難，帶她去歐遊時，每早要綁頭巾髮帶時，手指僵硬，我看著她忽忽如狂把昂貴的髮帶丟進垃圾桶。

母親的愛都是突發式，每當下雨沒生意時，她就算放假，這時會帶我們回到房間，躺在床上講話，她說人生最好不過睡倒，因此母女時間就是睡倒說話，這時她會搬出餅乾盒，又把小時候餅乾故事說一遍，這是她心情最好的時刻，接著把她的寶貝都拿出來展覽，說這以後都是你們的。

以物質為愛的表達，或許有點俗氣，但對愛賺錢的母親來說最真實。愛錢與愛賺錢是不同的，愛錢的人通常對他人小氣，只是消極地守財，並不一定會賺錢；會賺錢的人通常慷慨，因為他們相信自己賺錢的能力，錢再賺就有，因此捨得給也捨得花。

母親對我的愛，幾年大爆發一次，第一次在初中時，傍晚通車下站，外面正下雨，母親拿著傘來接我，並牽著我的手，問我冷不？我有點嚇到，一路害羞又高興，走得慢慢的，幸福也留久些。

那是唯一一次母親撐傘接我，能讓她放下生意的，只有沒客時。

再來是讀研究所時，我答應相親，她給我買整套的新衣，手提包、手錶、項鍊、戒指，紅豆色的針織套裝讓我看來起碼大十歲。相親沒成功，她沒生氣，其實她只想炫耀自己的女兒，也知道追我的人不少，那些人條件也不差，

再一次爆發是我生產時，她特地放下生意，來醫院守了一天一夜，也許生過七個孩子，知道女人的最痛在產房中，還與醫生爭辯，為何讓我痛兩次，難產事先沒檢查出來嗎？直到無事，她留下一大筆錢給婆婆，說是月子與滿月禮。

母女的感情因此改變，我們常常打電話聊天，天天想著回家，回去跟母親躺在床上講話。躺在床上講話的母親，許多回憶與故事，深印在我腦海。在一個以不說為說的家庭，故事是一個通往想像世界的通道，因而產生想說故事的欲望。父親給與我文字，母親指引著故

母親身影。

事，填補生命中的荒蕪。

等她真正臥床，我們躺著講話好幾年，一直到她對我的話沒反應，陷入無意識之海。

母親一生就愛當藥師，不僅為了錢，這份工作幾乎是她的信仰，她對客人的耐心是少見的，就算只是買瓶口服液，她陪他們聊一下午，母親言笑晏晏，說話伶俐幽默，許多客人為了聽她說笑而來，不管是有錢的、沒錢的態度一樣親切。天天來報到的都是勞動著，果農、稻農、賣豆菜的、收廢棄物的，一車破爛擺在門口，她對他們可以從孩子聊到國家社會大事。

沒有一個孩子想繼承藥房，也沒有一個孩子遺傳她作生意的能力。

這是她這輩子最遺憾的事，死也不想將藥房關閉，病床就擺在收一半的藥房，還有些老顧客會來買口服液或止痛藥，然而她再也聽不見，看不見。如果可以說話，她一定會說，我死也要死在藥房，自己蓋的房子裡。

如今調著香方，想著我如果成為藥師或醫師，也會是還可以的工作人員。

一切俱往矣，如今我與父親一樣，每天早起作運動、重訓加瑜伽，然後吃沙拉喝果汁，成為一個全方位養生者。

窗前省讀香：菖蒲根、當歸、樟腦、杏仁、桃仁各五錢，芸香二錢。研末，用酒為丸，或捻成條陰乾。讀書有倦意焚之，爽神不思睡。

這香方最適合愛閱讀的人，香材易得，也不昂貴。

我研藥方，最多的是感冒藥：抗生素、止痛藥、消炎片、胃藥，如睡前加助眠藥，特別用粉紅色紙包。如有咳嗽，加一瓶止咳糖漿。

很小就學會包紮傷口，先用雙氧水消毒清洗傷口，再塗碘酒，灑上消炎粉，然後棉花與紗布剪方塊蓋住傷口，最後纏紗布，固定。這些時刻父親與母親是否偷偷盯著看。

在沒有正式寫之前，曾有的南丁格爾夢史懷哲崇拜，不是沒有緣由，我還偷偷報考國防醫學院，沒有得到發展的夢，也許是一切病痛的原因，姊妹弟弟們也是吧。

母親妒恨的眼光種在我背後。

貪生怕死是為賊，她說。

母親死時八十，父親九十，臥床都近十年。

不想活得那麼老，可這是自己可以決定的嗎？

我反對自殺，贊成安樂死。

因為病，手足分散，少有往來。

癌後的妹妹領養一個小孩，搬到國外住；另一個癌後上茶課，經營網拍；姊姊到處旅行，她終於完成坐遊艇環遊世界的夢想。

有高血壓與躁鬱症的弟弟開木工學堂，聽說不賺錢。

手足之情因家的瓦解而分離。

心是在一起的，當我們活動力減弱，少外出或不外出，跟回憶相處的時間日多。

書寫回憶也是父親母親生命的延長，至少，在文字中，感覺他們的一言一笑仍在閃爍。

記得母親說了許多外祖父的故事，那傳奇那勇武跟阿里巴巴差不多，每個父母親的故事都是孩子最初的童話。

而孩子說得越多就越像神話，同樣的，孩子是最不懂父母的那一方，就像父母是最不懂孩子的一方。

連德堂

外祖父的中醫究竟是自學，還是拜師學得，有關他的事大多是出自母親與表弟們的傳說。

他是個怎樣的人？在阿姨眼中殘暴、冷酷、淫亂，幾乎跟撒旦一般，在母親的口中，是個傳奇英雄，武藝超群，行醫四方，在光復初期，台灣在無政府狀態，當過守衛隊隊長，因經營建築工程而致富，因而買下大片土地，即屏東歸來的大果園。

果園有多大？九歲時在那裡住過一個夏天，我穿著長筒雨靴在林中探險，靠大門口是一片香蕉林，靠住家木屋則是蓮霧、龍眼、楊桃等果樹，往上坡則是一大片野林子，不知其界限，這裡是屏東市的外圍，當時一片荒涼，有與世隔絕的意味。

他在滿州與車城的原住民部落長大，生活習性與原住民相似，愛打獵、喝酒、交朋友，學歷大概是高等小學；與祖父、我的國小校長是同學，聽說他們是班上前三名，那時高等小學相當初中，在公學校之後再讀兩年，在日據時代算是中等學歷。

他在潮州也開店，就在戲院旁邊，離我家只有幾步之遙，兩家的姻緣就此圈住。有關外祖父的傳說有著兩面說法，外祖母跟大祖母有類似的命運，在最小的孩子剛出生時被趕出，阿姨與小舅跟著媽媽，母親與大舅跟著爸爸，外祖母賣布維生，生活困苦，被拋棄的阿姨對父親充滿怨恨，在她口中的外祖父是超級魔鬼。

兩面說法，讓我無法認清外祖父。他是第一個讓我感受到愛並知愛為何物。

他的殘暴我倒是親眼見過，那時大舅的兒子與我同班，因成績不好，個子瘦小，成為被欺侮的對象，在潮州店裡的外祖父聽到此事，露出原住民戰士的粗暴面孔，拿起正劈一半的木柴，那總有手臂粗，衝進校長室理論，殺氣騰騰的樣子讓人驚駭，那時我正跟校長學寫書法，為此感到羞慚。

山中野人是他的一面，果園中的生活接近原始，沒電沒水，水是挑溪水倒進水缸，裡面放明礬過濾，只能省省地用。白天外祖父與小外祖母出外工作，出門前他從錢袋中，拿出幾圓給我當零用，有錢不知買什麼，附近沒商店，為什麼幾里內無人居住，後來才知果園旁是監獄。家裡沒開伙，只有一些麵包、糖果當食物，水果沒人要吃，掉一地都發爛發臭，我常坐在有獵狗守衛的廊下，看著許多腐爛發呆，但卻不討厭。晚上外祖父回來，點蠟燭洗完澡，就著燭光吃點簡單的食物，大多是外面帶回來的肉品。他喜歡吃肉，一面吃一面喝酒。

在我眼中，他寵愛女孩，對男孩是打罵教育，客廳上唯一的一張書法，寫著「棒下出孝子」，牆上掛著許多動物標本，我經過時感到十分恐懼。

要理解一個人是如此困難，他是撒旦還是英雄，誰能論斷。他死後，我像鉛筆盒一直貼著他的照片。

聰明而瘋狂的原始人，遊走在社會邊緣，道德無法收編的野人，後來的大舅、表妹、兩個弟弟都有他的影子。

祖父與大祖母，外祖父與外祖母都是水火不容的怨偶，或者他們只是不適合作夫妻。被拋棄的怨婦像大祖母變成悍婦，外祖母卻是逆來順受極其慈愛的長輩，她從無怨言，對子女孫輩大量付出，她那因走太多路而彎曲的O型腿，到哪都用走的，跟她出去玩如同行軍，如果喊腿痠，頂多坐一下，再繼續前進。她會給孩子們買仙草茶，自己說不渴。

沿街賣布，如果那天沒人買，家裡就沒得吃，阿姨在這樣的環境長大，對父親恨入骨裡。她決心要努力上進，學鋼琴，讀師專。一直到當老師，還不知父親長什麼樣子，有一次搭火車，有人告訴她，那是你父親，阿姨見他如寇仇。

篤信基督的阿姨，到老提到外祖父還會變臉，其實她的長相與個性都像外祖父，有天才的狂暴與專注力，她教鋼琴也是打罵，生氣時露出如原始戰士的殺氣。

原始人與天才的集合，造就巫師般的靈敏與無窮的精力。阿姨八十幾了，身體還算健康，還常坐飛機到美國探望孩子，她愛孩子的狂熱也是少見的，開口閉口都是孩子，同樣的話講好幾次。

破碎家庭出身的小孩走向兩極，一端是冷漠，一端是迷戀。

我在冷漠家庭中長大，以前非常羨慕阿姨充滿愛與溫馨的小家庭，冷漠的反面是自由、虛無，迷戀則走向宗教性的迷狂與迷戀。

忽然瞭解那個夏天，也許母親想放逐我，將我留在外祖父身邊，而他收留了我。

至死無法和解的兩極，血液中混合兩種極端的血液，我希望它們能和解。

邪惡與光明，惡魔與天使，我們在兩極之間，最後得勝的會是什麼。

「你已經老了，應該老了。」最近常對自己說，鏡子會騙人，以後別照了。

《聖經》中最感動我的是約伯，他一大把年紀，受盡種種魔鬼的試探與考驗，始終沒有放棄信念。

老照片，記憶潮州老家廟埕前的喧騰。

我也一大把年紀，卻將靈魂賣給魔鬼，約伯與浮士德恰是兩極，前者堅定，後者輕浮，人常常在兩極衝突中。

父系的冷情中有著對宗教的狂熱，母系的狂暴、原始、奮進，不就是文學藝術的原始心象？我也常在這兩極中迴盪。

聽說原住民戰士有兩張臉孔，平常笑臉，戰時鬼臉，如同面具般變幻無窮。

心目中的外祖父也是這樣，有著兩張臉孔。

有關外祖父的武功聽來有點像李小龍、黃飛鴻的故事原型，在民族傾危，戰亂的年代，打敗日本人，以醫術濟世，並讓自己開的中藥行「連德堂」遠近馳名，他對精神疾病特別有研究，聽說因醫好一個富家子的精神病，獲贈一棟樓房。有關他的傳說太神，顯得有點誇張，或許誇張也是他的性格之一。我愛他，這是無法改變的。

舅舅的兒子，應該是表弟，在網路重開連德堂，展現外祖父的醫術不是空穴來風，母系家庭的經濟不算好，有個舅舅還入贅，這個舅舅最常來，媽媽恭敬以對；小舅是職業軍人，繼承連德堂的就是他的兒子，我們卻沒見過面。

小舅的婚禮我參加過，就在外祖母住的河邊小屋，那裡有點類似韓國電影那些底層住區，住在河堤下低矮隨便簡單搭建的似房非房，譬如說沒有大門，一大片鐵皮從睡覺的小間伸出，那個空間擺著矮凳，鍋具，是客廳兼廚房，想像大雨時這裡淹水，人們躲無可躲，忙著搶救漂走的椅凳、臉盆。日子實在太苦了，當痛苦超過人能承擔，仇恨就會長大，我想理解阿姨對外祖父的恨，終其一生，上帝的愛沒能化解，時間也無法沖淡，恨一個人整輩子，那是痛苦的極致了，如果阿姨是男人，會不會上演伊底帕斯的弒父呢？

連神也無法解救的痛苦，有神如無神。祖父是中醫、血液中流動的醫樂基因。

小舅的個性溫和如外祖母，常穿著軍服，到河堤邊吹喇叭，他的小房間就是新房，堆著的鳥籠養許多鳥，也參加婚禮，紅色的床單與被子，新娘的紅澡盆、用紅紙貼著的嫁具，把房間塞爆，客人只能坐外頭。

陋室中的愛與幸福也是塞爆的，子女都成材孝順，外祖母常帶笑的圓臉更圓了。吃的苦比鹽多，教出刻苦上進的孩子，有一次在台北南海路的國教館演講，任職於植物園的表弟特地前來打招呼，念植物學的他，還原連德堂擦蚊蟲咬傷的藥方，可惜沒機會試用，最近上網查，網站已刪除。

一個人會作什麼，跟遺傳有關，母系的醫藥基因到我絕了，我常想與醫客的緣分也許是這缺憾的追求。如今醫客病了，我祈求神將我的壽命給她，讓她多活幾年，開個小診所，她看病，我幫她包藥；或者開藥妝店，這也算完成爸媽的遺願吧！

眾生皆病，生理的病與生理的病交加，我願幫助醫客成為大醫者。

醫院或藥妝店名「連德」，二樓是文創空間兼教室，有茶道、香道、花道、文學創作等課程，上課之餘，包包藥，香方與藥方都有。

如若不行，開個小小的茶屋與古物店，兼文創空間，也叫「連德堂」。

醫客說焚了幾次香，滿好玩的，現在她一天運動兩小時，氣色與體力變好，也參加一些醫學研討，作復出的準備。

如醫客不在了，我就一直坐在那裡，等兒客，茶客，香客，花客，雨客……來到，等到成為一座橋。

來日大難

為什麼是武漢，因為武漢最愛國嗎？

沒有比眼前的一切更像噩夢。

背景是灰鼠色，車子因走了幾百里，銀色的車也成灰鼠，鄂字牌的車號無處投靠，一群鄂人載著兒女逃往鄰省親戚家的小村莊，這是最後一個去處了，前面道路被石頭擋了，中間還豎了一個墓碑，你停車頭靠在方向盤上，很想哭但更想睡。

你還在初聞封城的驚悸裡，心肺一陣抽痛，或者你也已經染病，但每個人本能地想逃，有車的馬上載上家人家當走了，沒車用走的跋山涉水。謠傳很多，你選擇相信其中一個，換現，屯糧、買口罩。

染病的機率高得離奇，你一個在鄂大教生物科技的朋友說，有可能是P4的病毒外傳了，病源不只一個。

封城到第九日，街上一個人也沒，只有躺倒的屍體，這個比夢還荒謬恐怖的景象天天在發生。

就算你曾做錯什麼也不該受到這麼大的懲罰，你所愛的女子就在武漢。為什麼是武漢，因為武漢最愛國嗎？

我已經讀不下任何一本書，天天追著疫病消息，就算是大醫者在此時也是無可如何，說真話會被消失，積極治療會被發飆的患者家屬暴打。這時看病還要錢，燒屍體已漲到一萬多。

網路上流傳著一則被封殺的公眾號貼文：「表演愛國，別暴露無知，你的無知既讓同胞少了很多實際的救助，又給急需建立大國形象的中國抹黑。所以也別裝多愛國了，這些年你有捐過幾次失學兒童貧困山區白血病孩子？這種奇葩愛國，就是常識缺失＋道德雞賊，導致了迫害型人格，跟橫店神劇沒什麼區別。所以朋霍費爾說，愚蠢首先是一種道德上的缺陷，它是一種比惡意危險的敵人。」

這樣的領悟多麼痛，多麼遲。

之前你相信香港暴民襲警，相信台灣一定要武統，相信中國強大了，相信黨，相信……

現在明白了，在家是活屍體，出去就是人肉彈。

然而在過年晚上八點，被封的人群還互聯網同時唱國歌，相信用自己的犧牲換來最後的勝利，多難興邦，大家瘋喊武漢加油：

起來！不願做奴隸的人們！
把我們的血肉，築成我們新的長城！
中華民族到了最危險的時候，
每個人被迫著發出最後的吼聲　起來！起來！起來！
我們萬眾一心，冒著敵人的炮火前進！
冒著敵人的炮火前進！前進！前進！前進！

楚雖三戶，亡秦必楚。這是武漢的原罪。

貓客，我知道你一定會折返武漢找她，然後受到如入十八層地獄一般的痛苦，比起來，之前的痛苦不算什麼。

香斷

如何讓每次的分手美一些？不可能，只有比醜更醜。記得再見貓客是從馬來西亞回來之後，十二月初，疫病的初期。他說交了大陸湖北女友，且瞞我甚久，他說他還是要回到自己的國家，為自己的土地奮鬥：

「當許多人臥在血泊中，你整天風花雪月，談情說愛，說什麼愛國？」

「我犯了大罪，不該說自己是約書亞……我收回。」

「別回去吧！也許這次回去就回不來了！」

「我們都是罪人，都沉默吧！就當我從未來過。我死也要跟家人死在一起。」

一語成讖了嗎？有些事是應該忘記，就當我們從沒遇見，或者我從未愛過，從未活過。你並非小雨客，這是最大的錯誤。

剛從赤道回來掉進十度的寒流，冷讓我我似乎真正清醒，曾想過也許就死在那個赤道國家，有一晚在芙蓉山區的藥房買到安眠藥，劑量三百多毫克，是我一般吃的一百多倍，失眠多日，看也不看就吞下，大約睡了兩三小時，起床時馬上跌倒，心臟急跳得快停止，我會死於此時此地吧？覺得這樣死去也不差。

那個時刻，痛苦失去意義，自我抽離，冷冷看著一切。

海拔一千公尺的熱帶山中，有著白乳酪絲般的山嵐，這裡到處是山豬、猴子與大蜥蜴，跟台灣的高山有點像，異土與故土，他人與自己，生與死有時沒差別。

我能活著回來再見貓客，我已非我，他也非他，我們都是自己的過客，走了這麼遠才看清這點，我的罪是這麼重，我看著他，笑著同時哭著。

我一直坐在那裡，等兒客，茶客，香客，花客，雨客……來到，等到成為一座橋。

文學叢書 625

INK PUBLISHING

雨客與花客

作　　者　周芬伶
圖片提供　周芬伶
總 編 輯　初安民
責任編輯　陳健瑜
美術編輯　黃昶憲
校　　對　潘貞仁　陳健瑜　周芬伶

發 行 人　張書銘
出　　版　**INK** 印刻文學生活雜誌出版股份有限公司
新北市中和區建一路 249 號 8 樓
電話：02-22281626
傳真：02-22281598
e-mail：ink.book@msa.hinet.net
網　　址　舒讀網 http：//www.inksudu.com.tw

法律顧問　巨鼎博達法律事務所
施竣中律師
總 代 理　成陽出版股份有限公司
電話：03-3589000（代表號）
傳真：03-3556521
郵政劃撥　19785090　印刻文學生活雜誌出版股份有限公司
印　　刷　海王印刷事業股份有限公司

港澳總經銷　泛華發行代理有限公司
地　　址　香港新界將軍澳工業邨駿昌街 7 號 2 樓
電　　話　852-27982220
傳　　真　852-27965471
網　　址　www.gccd.com.hk

出版日期　2020 年 5 月　初版
ISBN　978-986-387-341-9
定　　價　380 元

國家圖書館出版品預行編目資料

雨客與花客／周芬伶著
--初版, --新北市中和區：INK印刻文學,
2020.5　面；　公分.（文學叢書；625）
ISBN　978-986-387-341-9　（平裝）

863.55　　109005117